九歌少兒書房

www.chiuko.com.tw

這是誰的聲音!?

保溫冰◎著
蘇力卡◎圖

名家推薦

張子樟（臺北教育大學教授）：

這是一篇描繪相當細膩的好作品。讀者見到了已經進入倦怠期的老師，他們已失去剛執教鞭的那般熱情，對學生的難題不是不願細心傾聽，而是缺乏同理心與愛心，例如文中的賴老師；也有對工作的意義深表懷疑，不知是否值得再付出，如黃老師這樣的老師。這一切都看在「我」的眼裡。他想協助陷入被「隔離」困境的好友方芷倩。他先求助於老師，最後卻發現自助最有效。他的方法略顯極端，沒能通過導師「偏見」那一關，但終於讓方芷倩贏回班上不少同學的友情。

全篇文字有如行雲流水，一氣呵成，讀來毫不費力，是篇佳作。

陳幸蕙（作家、少兒文學名家）：

聲音，在本故事中具高度象徵意涵，尤指另類、不隨波逐流的正義之聲。作者以充滿關懷之筆，呈現校園文化殊異現象——如精神霸凌、特權階級、模範生光鮮表象下之真相等，而校園即成人社會縮影、霸凌現象在人間無所不在的書寫，尤豐富了作品層次、增添了敘事深度。書中主角振哲企圖扭轉不公不義現象的努力，令人印象深刻，而期盼有更多理性的正義之聲出現的結局暗示，亦餘音裊裊。全書敘事幽默活潑，節奏明快，對校園文化的關注及其弦外之音，啟人深思。

王宣一（少兒文學名家）：

由青春期生理上的變聲開始，到以一段段班級活動為架構，發展出幾個青少年之間的人際關係和淡淡的校園霸凌事件。文字平實故事簡單，初看好像是青少年的小品，但是一遍遍讀來，文字的力量也一點點釋放出來，是一篇頗為成熟的精彩作品。

全本小說中，並沒有大起大落的戲劇性情節，雖然有一點點衝突，有一點點青春期心情上微妙的變化和轉折，同學和兄弟之間也連結了一點複雜的情緒，但是其實又蘊含著包容與關懷，這是小品的成就和力量。

目錄

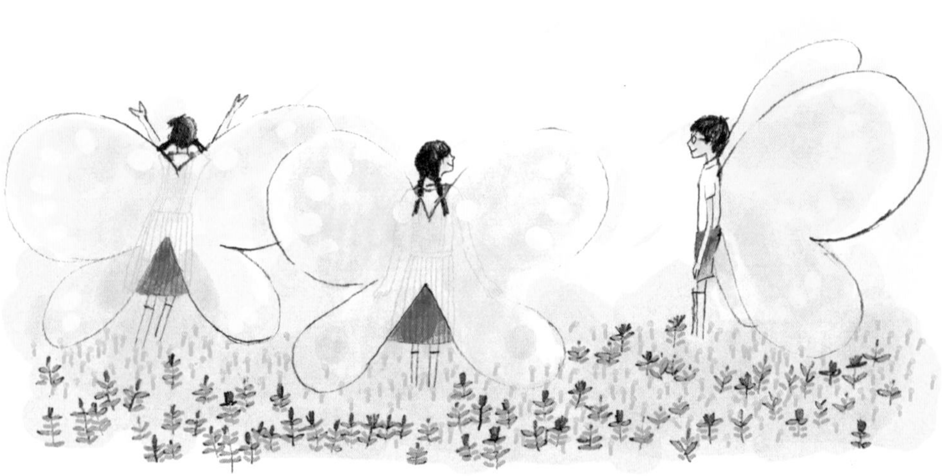

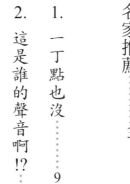

1. 一丁點也沒

躲了大魔神幾個禮拜，今天，我決定不再當弱者，來就來！

他轟隆轟隆走近，停在我面前，身後立即冒出炙熱煙氣，彷彿要我吃不完兜著走。

我知道那是虛張聲勢，於是對他大喊：「有什麼招式，儘管使出來吧！」

一陣賊笑聲，從鋼盔後隱隱傳來……，氣氛變得詭異，害得我不得不後退兩步。

只見大魔神慢慢舉起手，掀開鋼盔。

我心跳加速，大魔神竟然……竟然是我哥……

「啊——」

我驚醒，才知道學校到了。

匆匆拎起書包，跟著合唱團同學腳步下車，就聽到教務主任聲音

熱切地迎過來：「回來啦？辛苦你們了……，得第幾名哪？」

「還沒公佈呢！」黃老師說。

教務主任錯愕一下，又很快把笑臉擠出來：「來！大家拍個照做紀念。」

不就比賽嗎？有什麼好紀念的？

揉完眼睛，傻傻地跟大家撞擠一塊，大熱天迅速排成一列隊形好給太陽公公烤，看教務主任手上搞不定的相機，我真有種大聲吼叫的衝動……。

「喀擦。」

大夥鳥獸散……

「多拍幾張嘛！」

哀號聲四起。

黃老師不愧有俠女之稱，迎上去兩三下就把教務主任打發掉，然後回過頭來跟我們說：「要不要吃冰棒？」

我看一下手錶，才三點五十八分，還有兩分鐘才下課，同學們已經興高采烈衝往福利社去了，我慢慢跟上……卻發現六年仁班的小奇在保健室外面徘徊。

「小奇！」

他朝我望來，突然將身子壓低，好像在躲子彈，很好笑。

「小聲一點……」

「哈，怕什麼啊？」說完，我突然想到，他這時沒在上課，很不對勁，「你怎麼了？」

「我肚子痛啊！」他手突然隨著這句話將肚子抱住。

「少裝了。」我差點笑出來。

他冷不防扼住我脖子：「敢說我裝!?說！你怎麼在這摸魚？」

「剛剛比賽回來。」

「你怎麼那麼爽啊？到處趴趴走。」

「才沒勒！平常也是練得很辛苦。」

「呵，真羨慕你們這些天才……。」

「你以為我很想進合唱團啊？還不是被騙進來的……」

老實說，他的話讓我很難過，我心裡深深知道，自己天生聲音好聽，所以被黃老師推薦加入合唱團，但唱得再賣力，也稱不上得到多大樂趣。好在，「興趣是要慢慢培養的。」媽媽說過，而我的偶像周杰倫又唱了〈聽媽媽的話〉，每當想到這裡，我心情就會緩和一點……覺得幫幫黃老師也不錯！

低頭看，糖水已經流到手上。

趁沒人注意，用舌頭輕舔一下。望過去，黃老師正跟福利社小姐話家常，她就是這樣，不管跟誰，都聊得起來，遇到教務主任那麼死纏爛打的，照樣見招拆招。所以囉，區區合唱團二十八個小毛頭，自然不是她的對手，連我們班上「女暴君」謝宜彤也是服服貼貼——當然，裝的。

「放心啦！我們一定會得冠軍的。」謝宜彤聲音馬上出來了。

我側頭看她嘴咬冰棒邊講話：「我都身經百戰了，有什麼難得倒我？」

她若將手放開，就是一根獠牙了，很適合她。班上女生沒有一個敢惹她的，而且啊，只要一涉及分組或討論，大家都要先問，「宜彤在哪一組？」、「宜彤怎麼說？」搞得好像她是衣食父母一樣！

哼，不就得過幾張臭獎狀嗎？

不過，話說回來，在合唱團裡，她氣焰也收斂不少，因為合唱團集合各班人馬（教務主任說我們是菁英），沒誰必要看她臉色。她要敢囂張，可是吃不完兜著走……。

為了替校爭光，我們哪，可說南征北討，校際賽打敗正軍國小，校長大樂，說搶進全市總決賽，就要加碼送我們傑尼斯的公仔，好多團員當場亮起眼睛，只差沒發光。

唉，這麼「女生」的禮物，也是沒辦法，因為，團員就少數幾個男生，在學弟學妹遞補上來之前，簡直可以說動彈不得。

因為要「陰陽調和」，黃老師這麼說時，大家都笑了。

我搖搖頭，不是很能認同，有時想想，自己是不是真心喜歡唱歌，還是只想找一個地方打發課餘時間罷了！這種想法，每當進行到

一半，就要被「振哲，該去補習了！」、「振哲，功課寫完沒？」之類的話打斷……。

「振哲！大家要進教室了，你還發呆啊？」

補完英文回家，天空已經暗成濃墨的顏色，有種什麼時間回去都沒差的感覺。

我繞到公園一圈，看到一堆人在跳街舞，不像表演，只是練習，我好奇圍上去，看他們心甘情願練到那麼晚，也要很有熱忱才行。想起學校沒街舞社，好像國中才會有。不過，那對我也不很重要，我，丁振哲，人如其名，像任大人駕駛的漁船，每個港口都停靠一下，漫無目標，沒有一「丁」點自己想去的方向。

偶爾沒按回家的路走，還要頻頻看錶，怕爸媽生氣。

哼，沒骨氣。

「怎麼這麼晚回來啊？」

媽見我到家，馬上走去廚房熱飯菜，我沒說話，書包沉甸甸掛得我喘不過氣來。

當然，主要是爸在客廳。

「爸。」我簡單叫了他一聲。

他也從報紙後面「嗯」回來，一天的照面就這樣而已。

「媽在熱飯菜，有你最喜歡的虱目魚湯。」

「菜脯蛋都被哥夾光了啦！」我看著餐桌一片狼藉。

「你愛吃，媽再煎給你。」

「不用了，沒那麼餓。」

打開碗櫥，拿碗，「鏗鏗——」都不太敢弄太大聲。好像私藏什麼祕密不敢說，偏偏，又沒什麼是瞞著誰的。

媽把熱好的玉米炒蛋擱上桌：「今天比賽還好吧？」

我頭一低。

「怎麼了？」

「沒有啊！很香，我在聞。」

隱約聽到媽輕嘆一聲，不大不小，剛好用心聽可以聽到。

「是累了嗎？」

我不講話，開始扒飯。

「如果壓力太大，不去補英文也沒關係，反正學校都會教。」

我搖搖頭，滿腦子是比賽情景，評審坐成一排，桌上鋪滿評分表，「我們快樂的向前走，歌聲響透雲霄……，太陽高高在青空中，

春風也微微笑……」臉上是擠出來的笑，黃老師說，嘴巴要張大到可以放進兩根手指，還要保持微笑，這樣代表，你很快樂。

那比完賽，做點臭臉表情，也算運動吧！

「媽。」

「嗯？」

「……湯好像快好了。」

「喔。」

吃飽後，我走回房門邊。

「你站在那邊鬼鬼祟祟幹嘛？」哥裹著浴巾走過來。

「沒有啊！」我支吾起來。

「很冷耶，少擋路。」他將我推開，走進房裡坐下，不是很想理

我。

自討沒趣，我跟著進門，將門闔上。

「幹嘛關門啊？」

「吹風機不是很大聲嗎？」我看著他手上的吹風機，理直氣壯反問。

他想想也對，開始吹頭髮，邊伸頭關心電腦螢幕的線上遊戲。

呼呼聲大幅占據房內空間，蓋掉我腦海中合唱團的歌聲，我跳上床，輕靠牆壁，抓起課本假裝看。餘光注意著哥哥吹頭髮的背影，很想像他一樣，吹一吹，煩惱煙消雲散，多好。

等他吹完，把音響打開，周杰倫開始唱歌。

我叫他：「哥，你以前有參加社團嗎？」

「沒有耶，我國中都在念書。」他頭沒回。

「我是說國小啦！」

他搔搔頭，說：「啦啦隊不是每個人都要參加嗎？」

我點點頭，他的童年果然跟我不一樣。我小學六年級，他高中一年級，中間隔了一條大河，很多話題都搭不上，唯一共同點，就是偶像周杰倫，海報就不偏不倚貼在兩張床中間的牆壁，一公分都斤斤計較。

「幹嘛？唱最後一名喔!?」他見我沒應，丟一句話過來。

「沒有哇！還沒公佈。」

「那你在煩惱什麼？」

「煩惱……」一時之間我也不知該怎麼回答，只好亂編一個理由，

「煩惱得第幾名哪！」

「呵，真羨慕你們這些小毛頭，書都念不完了，還有空煩惱合唱

團。」他搖搖頭。

我跳起來，衝到他旁邊：「哥，那你告訴我，你現在的興趣是什麼好不好？」

聽到我這樣說，哥反而縮回身，防備地答道：「該不會是媽叫你來打聽消息的吧？」

「不是啦！」我懊惱地大叫，拖住他手臂用力搖。

「少來，去念書！」哥手好大，一掌托抓我腦袋讓我不能靠近。

「吼，告訴我啦！」

我不退讓，堅決要攻陷他。

「你們在吵什麼!?」

身後一聲怒斥響起，害我摔在地上。

爸冷著一張臉，站立門邊。我有種躲進桌下的衝動。

「沒有啊，在玩。」哥簡單回答一聲。

「弄一弄快睡覺了。」

話說完，爸隨即離開，跨都沒跨進來一步。

爸爸大於哥哥大於我，我們家就是這樣。

呃，應該沒有誰家不是這樣的吧。

2.

這是誰的聲音啊!?

「還睡!?太陽晒屁股了。」

大腿涼涼的，我睜開眼，原來是被子被掀開了。

我起身，頭有點暈，好不容易撐起身體，怎麼覺得今天太陽特別大。

推門進浴室，哥在刷牙，我撞他一下，要他讓讓，自己也拿起牙膏，對著鏡子刷起來。

哥吐掉水，問我：「等一下記得沖馬桶……」

「喔好。」我滿嘴泡沫，不清不楚。

「啥?你說什麼?」

「我說好。」

「你中邪了嗎?怎麼突然變大舌頭?哈……」

我作勢要打他，他丟下牙刷先走一步。

刷完牙，清新多了。

走出浴室，要回房整理書包，媽順口問我要吃煎蛋還是炒蛋。

我回答煎蛋——說完猛將嘴摀住。

我有沒有說錯？——不！我有沒有聽錯!?

快步跑回房間，踉蹌跪坐地上，再說一次：「煎……蛋……。」

天哪！

這是誰的聲音啊!?

將頭蒙入棉被裡，再清清楚楚說一次給自己聽：「煎蛋煎蛋煎蛋！我要吃煎蛋！」

我看是完蛋了……。

「你幹嘛啊？」哥的聲音。

我趕忙將頭伸出，假裝找東西。

「一早就怪怪的，媽問你要吃煎蛋還是炒蛋。」哥說完將吐司啣住。

我上前將他嘴上吐司搶過來，塞個滿口，藉故不答。

「呵，你可以去參加『怪咖追追追』了，我幫你報名……不過，我要先坐校車，錯過這班就看不到美女了。」

看著哥揹起書包離去，我才大鬆一口氣。

唉，我聲音是怎麼了？像吞了一堆沙子……。

摸摸額頭，應該沒感冒啊！

怎麼辦怎麼辦怎麼辦……，我手忙腳亂收拾著書包，邊想完蛋了，要是好不起來，影響了練唱，那要怎麼跟大家交代！

不行，不能給大家知道。

「你啊！不要一早就死氣沉沉，快吃！」

媽把炒蛋往我一推。

我看看炒蛋，看看媽，一股作氣，將預先寫好的牌子舉起。

「你喉嚨痛？」媽反應好誇張，「有沒有怎樣？」

我搖搖頭，還好是「是非題」。

「要不要替你請假啊？」

還是搖搖頭。家裡太危險了，不方便想辦法。

「不行，我去幫你拿件外套。」

我翻白眼，拜託，現在是春天耶！

上學沿途，我直低著頭練習把「原本」的聲音發出來，多數時候，還是用〈快樂的向前走〉那首歌，原因沒別的——這種鬼聲音，要怎麼練唱哪？

進了學校，我一路緊閉嘴巴，不說話，眼睛不忘掃視周遭，風吹草動都不放過。好不容易，捱過早自修和升旗，第一節國語課，刺激的來了——超怕賴老師叫我起來唸課文。

「方芷倩！」

鬆了一口氣……，又是方芷倩那個倒楣鬼。

只見她怯怯起身，不知在怕什麼。

「把第五課唸一遍。」

我覺得賴老師她有可能是故意考驗方芷倩的膽量，最近已好幾次叫她唸課文了。

芷倩真的好膽小，雙手發抖彷彿千萬顆眼睛盯著她瞧，「建……建築是人類社會生活的……」

「大聲一點好嗎？才第一節課，不要害大家睡著了。」

我眼睛投落在左前方一小片笑聲，看到一顆摺成一小粒的紙條，從一隻女生的手，到另一隻女生的手，想也知道，最後落到謝宜彤手裡。

「中世紀時，當某個貴族攻佔了一片土地，或者受到分封的時候，便需要一個城堡來防禦敵人攻擊，鞏固自己的地位……。」

我側過頭，想看清楚她讀紙條的表情。雖然被那個大得誇張的紅蝴蝶結遮住，但我感覺得到，她臉上詭計得逞的模樣。

「丁振哲，接下去唸！」

我一震，當場呆住。

「懷疑啊!?我就是叫你。」

愣愣起身——我怎麼可能知道她唸到哪！……更何況，我絕對不能唸——喉嚨復原之前不行。

「你啊你，上課不專心，只會東張西望……」賴老師扶高眼鏡，「罰站到下課！」

唉，這樣也好，唸課文就輪不到我了。

一整堂課，自己最高，看著周圍一大堆黑色西瓜，膽量夠大的話，乾脆一次痛快，放聲大喊：「我不能唱歌啦！」包準他們嚇個半死。

媽呀！這是誰的聲音？來自沙漠的妖怪喔……

呵呵。

正想笑，沒想到，一隻手將老師桌旁窗戶拉開——是合唱團黃老師！

賴老師變了個人般，熱切地迎上去，從兩人有說有笑的樣子，想必是得到不錯的名次。

看看謝宜彤已經心花怒放起來，我還真有點希望是倒數名次，挫挫她銳氣！

「有參加合唱團的同學，告訴你們一個好消息——」宣布到一半，賴老師視線停在我身上：「丁振哲，你可以坐下了。」

難不成這就是好消息？

「黃麗秀老師要轉告你們說，昨天校際賽，得到第一名。」

沒人歡呼，只有小騷動和若有似無的竊竊私語。合唱團果然是小團體。

「她說中午吃完飯，請你們到音樂教室集合，要嘉獎一下。」

班上也才五個人參加合唱團，你看我、我看你，獨享好康有如背叛了誰。

下課，我開始緊張了。真的很怕，要是黃老師要我們唱歌「慶祝」勝利，那我怎麼辦！但這麼想又有點杞人憂天，又不是歌舞片，說唱就唱啊？

「幹嘛不理人啊！丁振哲，得冠軍就臭屁喔……。」班上男生找我聊天，我都刻意避開，不然就假裝看書。

這樣真的不是辦法，於是我決定去找小奇。

會想找他，不是沒道理，一來，小奇跟我不同班，就算嘲笑我，也沒機會立即揭穿我。更何況，他不會。我跟他打躲避球認識的，當時是班際比賽，他抓著一顆球，沿線外，不懷好意繞著我跑，線裡的我，心裡直想，這傢伙腦筋到底有什麼問題？

這時，一件我畢生難忘的事情發生了……小奇竟把躲避球夾在兩腿間，用力「生蛋」，大家都笑得東倒西歪，我也愣在原地，像融化的蠟燭。

「發呆啊你！」冷不防，頭被打了一下。

「才沒咧，我是在想事情。」

「我的媽呀！你是喝了什麼鬼東西……，聲音像砂紙一樣。」小奇誇張的叫起來。

「噓——」我趕忙示意要他小聲，「不要跟別人講！」

「你到底是怎麼了？」

「我不知道啊……」我趕忙將他拉到走道角落，免得驚動太多人。

「你在怕什麼啊？」

「我……」實在不知該怎麼讓小奇了解，我不想讓別人知道我聲音變啞，是因為合唱團。

「多喝些枇杷膏吧！」

對耶！好主意，我趕緊問：「你知道哪裡有嗎？」

小奇瞪我一眼，而後笑了出來。

我們兩個躡手躡腳走近保健室。

「你昨天真的有看到枇杷膏？」我緊張地問。

「我確定有黑黑的瓶子！」

我點點頭，能使我放心的不是黑瓶子，而是小奇篤定的語氣。

「你們兩個在外面鬼鬼祟祟幹嘛？」

「護士阿姨，我——」聲音不對，小奇趕忙裝出沙啞聲：「我喉嚨痛。」

「喉嚨痛？」只見護士阿姨皺起眉頭，半信半疑，「進來吧！」

一進到保健室，鼻子襲來一股藥味，老師教過，那是「酚」味。

「怎麼痛？」

「痛到說不出……話來。」越講越心虛了。

護士阿姨歪歪嘴巴，看看小奇、看看我，說：「那你肚子好點了沒？」

小奇疑惑地看看我，突然又恍然：「喔，有啊……，比較不痛了。」

「嘴巴張開。」

小奇張大嘴。

「你最近有吃辣嗎？」

「辣？有啊，我媽常煮給我吃。」

「該不會是長繭了吧？」

「繭？喉嚨也會長繭哪!?」小奇反應有夠誇張，看得出是故意耍白痴。

這下換護士阿姨無奈了，她「囧」著一張臉，走向藥櫃。

「現在怎麼辦？」小奇小聲問我。

「刻意壓低聲音講悄悄話會很傷聲帶。」這麼小聲也聽得見，護

士阿姨果然有一套。

我趕忙比了一個瓶子的形狀。

小奇瞪我一眼：「阿姨，我可以喝枇杷膏嗎？」

護士阿姨邊看邊摸：「枇杷膏、枇杷膏……」想想不對，用質疑的眼神射向小奇：「你怎麼知道我有枇杷膏？」

「我……」小奇急中生智，「我是從信誠國小轉來的，那裡的保健室啊，有滿滿的枇杷膏喔！」

我很想笑，趕緊把嘴巴掩住。

護士阿姨搖搖頭，好像看到兩個怪胎。她拿出枇杷膏，旋開蓋子，倒在一根湯匙上……。

我對小奇皺眼，要他想想辦法。

「護士阿姨，可不可以『外帶』啊？」

「外帶？」護士阿姨表情好像看到鬼，「不行！」

「拜託啦……」

「為什麼要外帶!?配熱開水喝不是很好嗎？來……，嘴巴張開。」

小奇縮了一下，說：「可是我媽都叫我喝蒸餾水，每天還逼我帶一大壺。」

我趕忙用力點頭，當證人。

護士阿姨抽口氣：「又是蒸餾水！」她站直身子，「你要導正你媽媽的觀念，並不是外面的水就不乾淨，而且你知道嗎？喝太多蒸餾水，會讓身體的電解質快速消失，缺少了這些元素啊……，你知道會怎樣嗎？」

小奇搖搖頭：「還沒教到。」

「會造成心跳不正常、高血壓……。」護士阿姨彎身直盯小奇雙眼，「喏，吃完湯匙記得拿來還。」

「不要跑那麼快！會溢出來啦……。」

我和小奇嘻嘻哈哈，小跑步「護送」那瓢枇杷膏，躲到花圃裡。

「嗯！」我大口含住湯匙。

「好吃嗎？」

我皺眉，臌著雙頰，搖搖頭。

「到底好不好吃啦！」

「嘴裡都是東西，叫我怎麼回答啦!?」

「哈哈，你很白痴耶……」他哈我癢。

「別鬧了啦！」

沒想到，上課鐘這時就響起來了。

「湯匙怎麼辦？」

「你吃的，第二節下課自己拿去還！」

「不行啦，護士小姐會起疑！」

「說得也對。」

枇杷膏喝完，老實說，好像有比較好，又好像沒效果。

趁沒人注意的時候，自己發了發聲，「這樣子的聲音，有比較好嗎？」自言自語，搞到最後，我都不太確定自己原本是什麼聲音了。

煩哪！

於是，我決定中午不去音樂教室了，吃完營養午餐，我跑去溜滑梯下面躲起來，原本想說，可不可以遇到小奇，未料，一個想都沒想過的人叫住我。

「丁振哲。」她聲音也是小小的。

我一震，方芷倩怎麼會知道我在這裡？

我瞪大眼，不敢說話，也說不出話來了……。

「丁振哲，我只是想要跟你說……對不起，今天唸得太小聲，害你接不下去。」

看方芷倩膽怯的樣子，我真的很想開口，無奈，就是沒勇氣讓別人聽到我的聲音，只能愣愣盯著她看。

「那是因為，我在班上不受歡迎，沒人要跟我講話，所以……」

她眼眶裡轉著淚水，「所以——。」

看她那麼可憐，我想開口安慰她，喉嚨卻又乾又啞，卡得死緊。

方芷倩摀住嘴，轉身跑開。

「方……」我終於開口。

但太慢了。

3.

轉大人

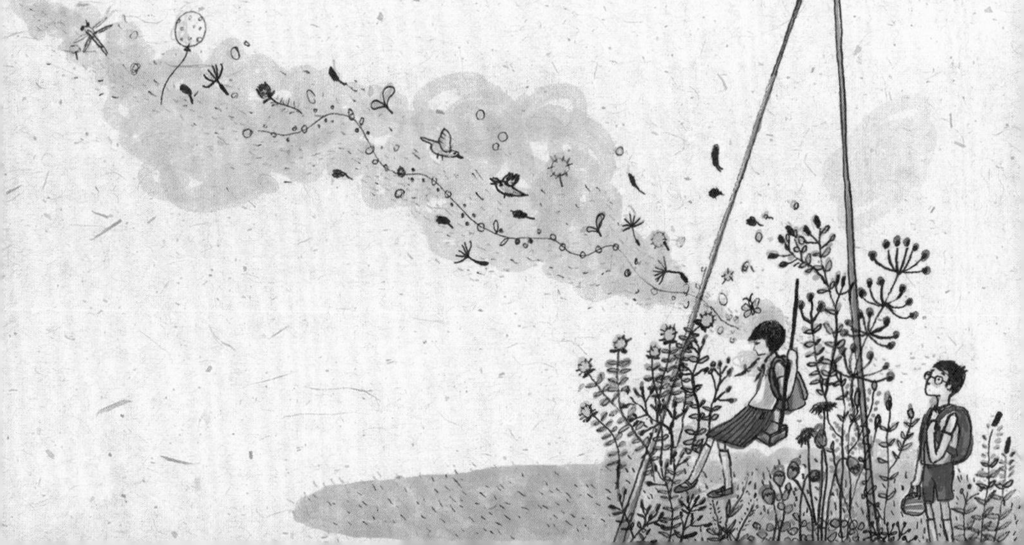

「哈，你青春期到了，要『轉大人』啦！」

哥哈哈大笑，我有點無奈，只能任由他嘲笑，誰教我沒有別人可以問。

「不要開玩笑了啦！」

「你們健康教育都沒教嗎？不但聲音變得很有磁性，而且脖子還會『激凸』唷！」

哥扼住我脖子，我用力掙開：「不要玩了啦……哥！我真的很擔心耶，今天中午已經沒去合唱團了……。」

「哦，原來你是煩惱這個啊！」哥眼看我嚴肅起來，不好玩了，只擺擺手：「男生聲音一變，就回不來了！」

「你那麼確定我聲音變不回來嗎？我就不信！」

「那在你『不信』的這段時間，難道就一直不說話嗎？」哥反

問，直盯電腦螢幕，不想理我了。

我走回床邊，生氣地用力坐下。

「怎麼!?轉大人屁股也變大了是不是？」哥頭沒回，刺我一句。

太過分了！

手叉胸前，我怒瞪牆壁上周杰倫洩憤……，如果合唱團可以像他那樣唱歌就好了。

晚餐，大家都不說話。

玉米炒蛋很好吃，我一顆顆慢慢夾進嘴裡。

至於清蒸鱸魚，我很希望有人趕快將它翻過面來，因為，我不喜歡夾別人夾過的食物，即使是自己家人。

「你們兩個怎麼啦？」媽沒花太大力氣，就猜出我和哥在「冷

戰」。

哥和我，頭都壓得死緊，不吭一聲。

「鏗！」爸摔碗了：「你們兩個啞了是不是!?媽問話不會答啊！」

「問振哲啦，我真的沒話好說。」哥一臉不耐。

「怎麼？爸唸一下，不耐煩了是不是！」爸提

高聲音。

「我吃飽了。」哥放下碗，起身。

「坐下！」爸一聲令下，連我都發抖起來，「給我吃完！吃飯要這麼浪費，書乾脆也不要念了！」

看哥僵著一張臉，不情願地把碗拿起來，我真的好懊惱，自己那麼沒用，學校搞出一個爛攤子，回家又要弄出另外一攤。

稍晚，我伸出頭，看媽一個人在洗碗，心想是時候了。我走去她旁邊，幫她沖碗。

媽對我擠出一笑，但我知道，她心情不好。

客廳是新聞報導的聲音，爸手裡的遙控器，總不放過新聞頻道，可能因為這樣，爸的臉，久之和電視主播一樣，對事物保持客觀距

離，不再帶有一絲情緒了。

媽想到什麼似的，苦笑一聲，開始說話了：「唉，你哥啊，脾氣就跟你爸一樣，兩個人要不就不講話，要不就吵架，沒一天可以好好相處的。」

我不知該回答什麼，更不知該搖頭還是點頭，搖頭好像默認沒救了，點頭又彷彿幸災樂禍。

「媽。」

我沒看她，但感覺得出，媽聽到我聲音，也愣住，以致忘了回應。

「哥說，我聲音變不回來了。」我刻意弄出水聲，免得突然哽咽被聽到。

但我很勇敢，沒哭。

「原來……你們是在為這個鬧情緒啊？」

「媽——」我淚水迸出眼眶：「我中午沒去合唱團……。」

媽趕緊沖掉手上泡沫，安慰我：「好了好了，不要難過了，變聲也沒什麼啊……，還是可以唱歌。」

我背上是她濕濕的手印，卻感到好溫暖。

夜裡，我睡不著，耳邊是哥的鼾聲，一起一伏，充滿整個黑暗房間，腦海裡是媽給我的話：自己決定要不要繼續參加吧！你夠大，可以自己作決定了。

這段話旋繞腦海久久不散，音樂教室的一切，彷彿投映天花板上，每個同學張開放得下兩根手指的嘴巴，唱著：「丁振哲，你今天為什麼沒來……」我躺側，思索著為何要為這件稱不上興趣的事小題

大作？加入合唱團也快一年了，沒有人問過我，為什麼參加合唱團？連我都不敢這樣問自己。

反正合唱臺有個位子，站上去就對了。

這樣想，又不太對，世界沒有小到非那裡不站啊！

不管媽給我的這個信心，會不會太大了一點。我都要證明，自己的確已經到了可以自己作決定的時候了！

隔天天氣很好，我的心卻高高懸著，一直心神不寧。

體育課，足壘球進行到第八局，我們單號還輸了兩分。不意外啊！我們班一、三、五、七、九……好像受了詛咒，不管比什麼，都會輸給雙號……這麼說吧，方芷倩二十一號、謝宜彤二十二號，這樣夠明顯了吧！每次健康檢查，方芷倩還要提防有人從後面用力瞪她後

腦勺，難怪顫抖得連課文都唸不出來。

「方芷倩，去界外接球啦！還在那邊發呆？」心直口快的戴鈞毅對方芷倩喊去。擔任投手的他，曾多次發誓要打敗雙號。

唉，女生不歡迎方芷倩，連男生都感覺得出來，慢慢的，變得全班都懂得對她頤指氣使，真是一種怪象。

輪到謝宜彤上場了，她微笑顧盼，彷彿明星登場。

第一球，沒踢中。她擺擺手，撥頭髮，傻笑。

我倒希望戴鈞毅投出的球，把她像保齡球瓶一樣撞倒……

想到這裡，謝宜彤已一腳迎上第二球，響亮一聲，球高高飛起……在空中劃了個大圓弧，穩穩撞進方芷倩懷裡。

「界外接殺！第八局結束。」

只見方芷倩將球抱得緊緊，不知道發生了什麼事。

這一接，的確是把大家嚇了一跳，謝宜彤臉有多臭，那更不用說了。

輕快的歌聲，遠從音樂教室飄來，彷彿慶祝這一切。

那是一首四年級教過的〈稻草裡的火雞〉，我還記得歌詞。

我不自覺的將視線投向音樂教室，看到黃老師紅衣服小小的身影，點綴在風琴上。

突然間，我又想起了合唱團，想起媽要我自己作的那個決定。

「喂！振哲，接球啦！」

咚！

我抱住頭，眼冒金星。

下課鐘一響，我跑向音樂教室，頭有點痛，但還不至於東倒西

歪。

四年級學生都走得差不多了，我氣喘吁吁趕到音樂教室門口，黃老師正要離開。

「振哲，你怎麼了？」

「黃……黃老師。」

「你喘口氣再說吧！」

「黃老師，我要跟你說，合唱團的事。」

「我知道了啊！」

「妳……妳知道了？」我不敢相信自己耳朵。

「有合唱團同學跟我說，看到你昨天早上去保健室——還好吧？身體有沒有好一點？」

天哪！老師，我不是要跟妳說這件事啊！

「是肚子痛嗎？記得不要亂吃東西……」她看看錶，作勢要走。

「老師！」

黃老師停步。

「妳沒發現我聲音變了嗎？」

聽了我的話，她顯然有點訝異：「你——聲音……，有嗎？」

「真的啦，變得很低沉……，我哥說，我青春期到了。」

「青……青春期……」黃老師愣了半晌，又突然豁然開朗似的，笑了出來：「沒關係，還是可以來合唱團啊！老師又不會因為你聲音變低，就把你調去第二部。」說完，黃老師頓一下，好像後悔講出這句話。

畢竟調到第二部，聽起來是個好方法。

「可是……」

「不用可是了，先來練唱再說吧，我們還有地區賽要努力呢！甘巴爹！」

她給我一個手勢，這下，什麼話都不必說了。

慢慢朝教室走，整個人像洩了氣的皮球，無精打采。

黃老師不愧是狠角色，我話都還沒說，她兩三下就讓我服服貼貼。不過，也夠妙的了，她竟沒注意到我變聲。想想也對，作為合唱團指導老師，要照應那麼多團員，哪注意得了我聲音有沒有變？況且，她職責只在聽我唱歌，沒義務聽我吐露心事，跟她說再多也沒用。

唉……

還有，到底是誰告密我去保健室的！

氣到了，我直闖福利社，遞上十塊錢，拿一支冰棒，重重地啃了起來，巴不得全校都知道，我丁振哲，沒有生病！

4. 安「」幼稚園

「唱錯了、唱錯了！這裡有升記號，你們要讓聲音轉彎一下。」

黃老師手勢很生動，我差點笑出來。

「來！再一次。」

她不死心，再起頭一次，我們跟著樂聲唱，我自己已經盡量修正，但整體聽起來，跟剛剛沒有兩樣。

唱完，黃老師起身，好像想著什麼，但是沒講出來，只給我們一個微笑。

「咦，你們什麼時候月考啊？」聽得出這句話是黃老師臨時想出來的。

「十八號啊！」六年愛班李孟樺說了。

「不對啦，是十八、十九兩天。」左前方謝宜彤補上一句，我看著她的蝴蝶結，心想，蝴蝶不該停在這種人頭上。

「老師，妳上次不是說要請我們看電影嗎？」有人說。

「不是啦！老師是說要帶我們去視聽教室。」有人又說。

黃老師一笑：「你們得了冠軍，去一趟視聽教室就滿足了嗎？」

話中有話，大家你看我、我看你。

「有沒有想過冠軍對你們的意義是什麼？」黃老師接著問，「楊欣怡，妳說。」

大家伸頭朝楊欣怡看去，只見她吞吞吐吐，一個字都擠不出來。

「謝宜彤，妳呢？」

毫不意外，這種問題，根本難不倒謝宜彤，她滔滔不絕瞎掰著，除了參加比賽帶來的成就感以外，合唱團的活動更增加了她團結的榮譽心……。

拜託，又不是演講比賽，講得那麼官腔，聽不下去了。

「丁振哲，換你說！」完蛋，黃老師看到我的表情了。一時不知該怎麼回答，又被大家越看越尷尬，我只好故作Kuso，說：「我練膽量啊！名次越高，我膽量就越大……。」好冷的笑話，引起一陣竊竊私語，更尷尬了，這時，突然冒出一句：「我看你是越練越沙啞吧！」大家才笑了出來，我鬆口氣，解圍了。

見大家不願正經討論這個問題，黃老師點點頭，改口問：「那如果下次又得名，你們想要什麼獎賞？」

正中下懷，大家七嘴八舌討論起來，這時，劉文達說：「有了，比賽當天早點出發啦！」

「早點出發？」黃老師不解。

「對啊！這樣就不用升旗罰站了，哈哈……」劉文達補充。

大家聽了，像有了新發現似的興奮起來。

「老師，可以升旗的時候練唱嗎？」馬上有人說。

「對耶！可以在視聽教室啊……關起來外面聽不到，又有冷氣吹……。」

大家興高采烈，努力挖寶，將合唱團可能存在的特權，逐一從地底下挖出來。

在我感到不可思議的同時，也從黃老師臉上，發現一抹難掩的失望。

放學時間，我隨著人群走出校門，半解脫，卻仍難擺脫同流合汙的罪惡感。

明天，我還是要走進學校，走進音樂教室，走上合唱臺，和這樣一群團員，為學校打仗……呵，也算為自己打獵，多獵一些好康的，不管是冰棒、電影，或是免升旗。

才十一歲，我怎麼覺得，自己離幼稚園時候，那種唱遊的快樂，好遠好遠……。

是我病了嗎？

還是誰病了？

這是我這學期第五次不沿著回家的路走，想找些不一樣的東西，來填補心裡的失落。

大同街上，老書局還在，看得出生意沒以前那麼好了。好奇怪，這些地方，離我生活一直那麼近，只是一段時間沒經過，街道就對我投以譴責的目光，好像我曾經為了保命而逃離這裡。

良心不安起來……。

安
幼稚園

越走，街道就越安靜，最後我來到雜草蔓生的安安幼稚園，這個小時候嬉戲玩耍的地方，已經變了好多好多。

抬頭一看，拱形門年久失修，掉了第二個「安」字，剩安、幼、稚、園四個字孤單看守，像少一顆牙齒。

愣愣立在外頭，紅色鐵門深鎖，我想，應該沒有方法可以進去了吧。

好「小型」的校門，很難想像，小時候，我曾兩手抓握欄杆，雙眼含淚等媽媽來接我的情景。

從欄杆看進去，教室也被枝藤壓得矮矮的，周遭透出一股淡淡的灰塵氣味，感覺也更遙遠，彷彿，我現在已經二、三十歲，是個大人，進不去了。

繞到一旁巷內，斑駁的白圍牆，好多個車輪形狀，圓圓的大洞，還牢牢鑲在圍牆上，記得以前，媽媽跟我說過，圍牆上有車輪，代表學校是一輛列車，會載我們出去大玩一場……。

還記得當時，我曾經探著一顆小小的頭，想像自己跟著輪子一起轉動……。

「丁振哲，那邊不可以去喔！」

那棵碩大的菩提樹，比老師更具威嚴，彷彿可以裁決一切，常常看到有人趁老師不注意，偷偷爬上去，緊接又是一頓罵。

我蹲下來，忍不住伸手去撫摸，想再感受一下木條的質感，未料，「匡啷……」一聲，木條整個掉了下來，落在裡頭，我做錯事般趕忙將整隻手臂伸入，搆到木條時，突然發現，自己是可以整個鑽進去的。

我遲疑著要不要縮身……，如果這一刻沒鑽「回」去，以後應該

也不會了。

兩秒鐘，我作了決定。

起身，拍拍雙手和身上的泥土，我趕忙拎起書包，躲到園所內沒人看得到的地方。老實說，大可不必，這裡實在太偏僻了。

抬頭，看到教室上方矮矮的屋簷，有股衝動想跳起來摸……小時候，我就常仰望著屋簷一個小缺角，想著，為什麼波浪不完整，到那邊就停住了。

長大才知道，那叫作石棉瓦。摸太用力，會破掉。

走廊滿佈沙塵，我小心翼翼通過，有種奇妙的探險感受爬滿全身。

我推開角落教室的門，濃烈沙塵味往鼻子襲來，「哈啾！」打了個噴嚏，我隨即摀住鼻子，眼淚流了下來。

椅子剩殘破的幾張，架上倒是都沒有書了，我拉了一張，坐下來。

好小的椅子啊！現在都拿來放盆栽了……。

我笑，揉揉鼻子，剛哭過似的。

如果我和我的那些幼稚園同伴，都還坐在原位，吵著要吃點心、要出去玩，那現在的我，就是「當時的我」的大哥哥了。

往以前的位子看過去，不太確定

坐哪個位子了，只記得是左後方……這是讀大班以後，僅存的記憶，其他要找回來，很難了。

想著想著，我不禁很想開口唱歌……，不！不要合唱團的歌，也不是周杰倫的歌，如果可以，我想要唱出幼稚園大家聚在一塊唱遊的聲音，左搖右晃，好像划著船……。

「你今天心情比較好喔？話那麼多。」吃完飯，媽問我。

「沒有啊！」我拿起一片蘋果，塞進嘴裡，「媽，妳記得我以前都唱什麼歌嗎？」

「以前？」媽反應不過來，「多久以前哪？」

「就是我讀安安幼稚園的時候，都唱些什麼兒歌。」

「哈，你都在學校唱，我怎麼會知道？」媽噗哧了一聲。

「也對。」我點點頭。

媽想起什麼似的，說了起來：「你啊！小時候，胖嘟嘟的，大家都說你嬰兒肥……兩隻手抓起蘋果，大口咬下去，好可愛。」

媽這麼說，我真的沒什麼感覺，不過也笑笑應付了一下。我的幼年，她有她懷念的部分，我也有自己想找回的。

熱水器隆隆聲斷續傳來，爸在洗澡，所以我才敢大咧咧躺在沙發看電視，不然，通常只要爸在客廳，我都避免出現。

幼稚園的時候，我會撲到爸腿上。

再也不會了。

「不過，記得你有一次，回家哭著說：『小班把我們的歌唱走了。』弄得我好氣又好笑……，你都不知道，是因為你長大，轉到大班了。」

聽媽這樣說，我其實有點難過。現在的我十一歲，喜歡聽周杰倫的歌，不喜歡唱〈快樂的向前走〉，這首歌聽起來好像要去郊遊，天知道，這時代還有人郊遊嗎？劍湖山樂園不算吧！

趁爸洗完澡前，我溜回房間，翻箱倒櫃。

「你找什麼？」哥問。

「不要你管！」

「還生氣呀？」他推我頭一下。

我拍拍頭髮，故意嫌他摸過的地方都會髒掉。

終於找到了！

我抓起畢業照相框架，慎重其事的兩手拿起來看。下面一張長方形大合照，上面一張圓形個人照，呆呆的，就是我。

「你在看什麼？」哥聲音突然出現我耳邊。

「嚇死我了！」

「做壞事吼？」

「看起來像嗎!?」我反問。

「也對，你拿這個幹嘛？」他一把搶走相框架，跳上我的床。

「回憶往事也不行哪！」

「少來，瞧你，有夠矬的……哈。」

「哼，你都沒有童年？」

「呦——好大的口氣！你不知道我的快樂童年就是國小六年級嗎？哈哈，祝你兒童節快樂！」

我生氣了，衝上前，朝他小腿用力咬下去。

這下哥不得不投降，抱著小腿喊痛。

奪回畢業照，寶貝般捧在懷裡，耳朵裡卻是剛剛哥說的話。

你不知道我的快樂童年就是國小六年級嗎？

他這樣說也對，我最近怎麼常把「小時候」掛在心上？我今年十一歲，還是小時候啊！

5. 不起眼的角落

「唉……。」

「嘆什麼氣啊！」小奇一邊吃冰，一邊回應我，應該滿累的。

「小奇，你幼稚園的時候，都在幹嘛？」

「我哪記得啊？」他轉轉眼珠，如果不是手上有冰棒，他可能會摸我額頭看看有沒有發燒，「別胡思亂想了……唱不上去，大不了退出合唱團。」

我點點頭。

中午的福利社，鬧哄哄的，還好我提早來佔位子，不然還真得出去晒太陽了。

「好啦！看你可憐，我回想一下……」小奇皺起眉起來，「我們幼稚園，有鞦韆、跳跳馬，我有時會趴在地上跟人玩橡皮筋。」

「這些我也都有啊！我是想問說，你幼稚園時候，是不是比現在

快樂。」

「好深奧喔！」

我盯著他嘴巴，滋滋滋的，很怕他冰一吃完，就說要走。

「喔，對了！我們那間有棵菩提樹，每次想辦法爬上去，都挨老師罵。」

「我們學校也有菩提樹耶！」

「真的假的？」他看了我一眼，「我還記得司機很機車，每次都大吼大叫。」

「小奇，你讀哪間幼稚園哪？」

「安安幼稚園啊……」

「不會吧？我們是同一間！」

他噗一聲噴出來。

「那麼巧？」

「你很髒耶……」我沒命的用袖子擦，超怕口水。

「是吼，那我就跟你一樣了……。」他氣定神閒，繼續吃。

「後來安安幼稚園怎麼『沒開』的啊？」我問。

「你不覺得他們的餅乾很難吃嗎？」他反問我。

「這……」教我怎麼回答啊？

「你記不記得李淑美老師？」

我搔搔頭：「不知道耶，老師名字都忘光了。」

「鬈髮那個啊！」小奇表情好像要透露一則獨家八卦，「聽我媽說，她被別的老師排擠、打壓，誣賴她亂打小孩，傳得到處都知道，後來啊！安安幼稚園名聲就越來越差，沒人想把小孩送去那裡了……」

「是噢——」

「這是聽大人說的，詳細情況我也不了解。」

聽到這個，我整個心沉了下來……這些都是在我們唱遊的時候發生的嗎？從來不知道，無憂無慮的幼稚園生活，竟也埋藏這麼多不為人知的事。

著實讓我想起班上被排擠的方芷倩，一直以來，我默默旁觀這些事發生，卻使不上力氣幫忙她。

想到這裡，遠遠看過去，就看到了謝宜彤。

「喂，你看，那是我們班謝宜彤。」我湊上去對小奇悄悄講。

「我知道啊！她不是自稱女高音嗎？哈哈，我們班都這樣說她。」

「她很過分，都故意孤立其他女生。」我忿忿不平。

「看得出來啊！哈。」

看小奇一副無所謂的樣子，我很生氣，可是，我自己也好不到哪裡去啊！

「欸，你很想當正義使者吼？」小奇問我。

「哼，我是孤掌難鳴好不好!?」

「呵……」一個鬼點子從小奇臉上晃過，「好啦！不要說我不夠朋友，這就幫你出口氣！」

說完，他馬上起身，朝謝宜彤走去。

「喂！不要啦……」我想阻止小奇，但已來不及了。

只見他走到謝宜彤那堆女生旁邊，我把眼睛矇住，不敢看，但還是忍不住從手指縫瞄了一下。

謝宜彤整張臉都綠了，兩眼帶著怨念，朝我發射飛鏢。

這個小奇，打抱不平也不是這麼無厘頭啊！一點計畫都沒有。

「欸，你剛剛跟她說什麼啊？」小奇回來，我狠狠掐他一把。

「你回去就知道了，這種人就是要給她一點教訓！」

再看回謝宜彤，她不知在跟那堆女生竊竊私語什麼。

真是的，放一把火給我收拾。

不過，也真奇怪，自然課，風平浪靜的。也或許，引信隱隱燃燒著吧！

自然教室裡，周遭排放著許多實驗器材，男女生分成四組，我注意到，方芷倩坐在最不起眼的角落，瑟縮的，巴不得老師永遠不要叫到她。也許對她來說，不起眼才是一個最好的位子。

鬧哄哄中，看著班上一隻又一隻的手，興高采烈傳遞著燒瓶和顏色水，也許他們不知道，教室裡的人際關係，也正進行著一場有去無

回的實驗。

我觀察著女生對方芷倩避之唯恐不及的態度，等到老師聲音再響起，我才將眼睛移回燒瓶。

顏色水慢慢往上升，老師說，這樣代表空氣受熱膨脹。

的確是啊！溫度上升了，但沒有人在乎，誰將被燙傷。

下課，大家在洗手臺排隊沖洗器皿，我刻意排到方芷倩的後面，她發現了，反射性閃了一下。

這可把我嚇到了，趕忙退開一步：「對不起。」

「跟在我後面幹嘛？」

「沒有啊，我只是……排隊。」

一個聲音從旁邊插過來：「你們家丁振哲啊！小報告打到別班去

了呢……」

是謝宜彤。

「你跟別人說了什麼!?」方芷倩怒眼質問著我。

「我……沒有啊……」

謝宜彤聲音越來越宏亮：「他當然沒有啊！他是請別班的人來警告我，沒想到方芷倩妳這麼吃得開。」

「你要嘲笑我嗎?還是害我！」方芷倩朝我吼來。

「不要這樣嘛……，你跟阿哲很配啊！哈哈。」有男生說了。

「對呀，好不容易有人理妳了。」這是女生的聲音。

面對周遭訕笑的眼光，方芷倩眼淚終於迸出，她將手上杯盤往我懷裡用力一塞，頭也不回跑走了。

我愣愣看著旁邊同學的嘴臉，不知該說什麼了。

一整天，我心情都很煩悶，基於內疚，也不太敢看方芷倩了。心裡一直想著，為什麼世界上有那麼多不公平的事，不管是方芷倩，或小奇說的李淑美老師，欺負弱小，不斷發生，而且是眾目睽睽之下。

那天放學，我一定要小奇來我家。我將相框架往他一推，要他指李淑美老師給我看，他說不太確定：「好像是這個……又好像是這個……。」

「你不是說鬈頭髮那個嗎？」

「我哪知啊!?鬈髮那麼流行！」

「吼……」我懊惱地跌坐在地。

「哈，這真的是我耶……以前好呆喔，算你狠，這種古董還留著。」

我抱住頭，不想回答他。

「你為什麼那麼關心李淑美老師啊？」看我那麼失望，換他好奇了。

「你不覺得很奇怪嗎？小孩子排擠同學就算了，為什麼大人也要互相耍心機？」我懊惱地看著大合照裡每個女老師。

「你擔心這個也沒用啊！就算你找出李淑美老師，也幫不了她啊！」小奇搖搖頭，把注意力放到房間裡別的地方去了。

唉，女老師們，笑容一個比一個燦爛，一點都看不出，哪裡不快樂、哪裡受委屈。或許，在那個無憂無慮的歲月，我們眼中的大人們，都是同一個模樣，「煩惱」這東西，也還沒正式來到我們小孩的世界。

快樂都是表面的。就像合唱團唱著：「快樂的向前走……。」沒

有人知道，引吭高歌的我們，有很多都不快樂。

「欸，小奇。」

「嗯。」

「明天我們一起去安安幼稚園好不好？」

「安……安安幼稚園？我有沒有聽錯？」

「我說真的啦！上次回去一次，我突然記起很多小時候的事情。」

「你很無聊耶，那個地方早就荒廢了！」

「我知道怎麼鑽進去……陪我去一次好不好？」

「不要，要探險也不是這種方法……」

我嘟著臉，可惜小奇根本不想理會。

我想生氣，又生氣不起來。後來打開哥的電腦，才讓小奇留下來

多陪我一會兒，未料，他登入線上遊戲，就打殺個沒完沒了，我跟他講了好幾聲我哥快回來了。他好像沒聽到，耳裡都是音效。

哥回來，書包往床上一丟：「怎麼那麼亂？」

小奇轉頭看了哥一眼，又埋頭線上遊戲去了。

「振哲，你同學很沒禮貌喔。」哥往書桌走去，被螢幕吸引住：「乖乖，你也玩魔獸世界啊？」

「拜託，有誰不玩啊？」小奇頭沒回。

「分數還那麼高！」哥興致一來，拉了椅子坐到小奇旁邊，「哇！你武器還真多耶。」

「不努力哪來收穫？」

超瞎的，兩個人就這樣天花亂墜聊起來了，線上遊戲像塊大磁鐵，將他倆緊緊吸住，分都分不開。

我被晾在一旁有點尷尬，看他們一見如故，我一點都快樂不起來，決定拿大合照去打擾哥：「你看，這是小奇幼稚園的模樣。」無奈，只換來他一聲：「喔。」把我打發掉。

決定換個方法，問他們要不要喝什麼。

「可樂。」

「一樣。」

我落寞地走到廚房，媽已經在煮菜。

「振哲，你同學留不留下來吃飯？」

「應該不會吧。」

我打開冰箱，拿了兩瓶可樂，要走。

「再多拿一瓶，給你哥。」媽將第三瓶可樂塞給我。

6. 蝴蝶飛呀飛

後來，小奇越來越常來我家。

他每多來一次，我就越失落。唯一能分散我注意力的，就是隨著地區賽逼近、越來越頻繁的合唱團練唱了。偏偏，聽大家唱得那麼起勁，我總有種團員都在為更多特殊待遇而努力的負面想法，尤其，當我也在黃老師臉上看到相彷的神情，這感受，就愈發真實了。

好幾次放學，我都偷偷鑽進幼稚園，看著空蕩蕩的教室發愣，雖然心情因此平靜許多，但還是希望，有人可以聽我說說話。

生鏽的鞦韆，孤單垂吊著，只有風來，才能讓它發出聲音了。

而學校，我和方芷倩的事，並沒有鬧開來，實在因為大家懶得理她，男生都對我好言相勸：「你不要多管閒事，賴老師很疼謝宜彤的呢！」

「六年忠班，第一名，謝宜彤……。」

看著她神采奕奕奔上臺領獎狀，在全校師生眼裡，這就是模範生的標準模樣，不多不少。

太陽照射下，我有種無力感。要考進前五名，才能上司令臺領獎狀，才能得到司令臺篷頂的遮蔽。如果，哪天換成方芷倩上臺，她享受得到這種陰涼嗎？還是更形灼燙呢？

這天放學，我彎進成功路，看到方芷倩，我趕忙躲起來，觀察著她。

多麼奇妙，她就跟一般女生沒有兩樣，經過寵物店，會對櫥窗的小動物露出微笑。經過飾品攤位，更是停下來逗留賞玩。

我決定隔個十公尺，跟著方芷倩走。我跟蹤她進入書店，注意她都看些什麼書，即使只是摸過又放回去，我都認為那隱藏了某些含

義。

但很快，我就被她發現了。

「你為什麼一直跟著我？」她滿眼訝異。

好在是公共場所，沒引起她的懼色，但她刻意壓低的聲音，就像又怕被班上同學撞見了。

「方芷倩，妳不要誤會，上次的事，我很對不起……」我不自在的捏著手，「我是真的關心妳，因為我知道，妳也很不快樂。」

聽到我這麼說，方芷倩瞬間卸下心防，取而代之的，是哽咽聲。

我趕忙領她到童書區，在木階梯上坐下。我試著安慰她，手又不敢碰她身體。

在我詢問下，她終於透露整件事的來龍去脈，原來，謝宜彤原本不是針對她。

事出有因，從五年級下學期開始，謝宜彤就跟劉琪恩因掃地區域的糾紛而結下梁子，當時，謝宜彤曾命令全班女生不准跟劉琪恩講話，誰不從，一律打入冷宮。

很不巧，方芷倩當時就坐在劉琪恩旁邊，每天打照面，不講話簡直不可能，方芷倩不是那麼怕事的人，也不想屈服在謝宜彤淫威下。劉琪恩和方芷倩，就變成一個被班上女生排斥的小圈圈，不過也好在，彼此還會講話，所以還不至於孤立無援。

直到六年級上學期，事情發生變化了。原來，劉琪恩美術很厲害，常常被派去訓導處幫忙佈置，她畫的國慶日壁畫，也掛上校門口兩邊。謝宜彤意識到與劉琪恩為敵，對自己沒好處，但又不甘心一次放過兩個人，所以宣佈與劉琪恩和好，但全班女生還是不准跟方芷倩講話，這樣，不但鞏固自己的權威，也算殺雞儆猴。

童書區冷氣其實沒很強，但我聽完，渾身忍不住開始發抖。周遭小孩子嬉戲打鬧的聲音，對方芷倩的處境，形成了極大的對比。

「方芷倩，妳不要傷心……，妳看看這些小孩子，玩得多麼沒有煩惱。」

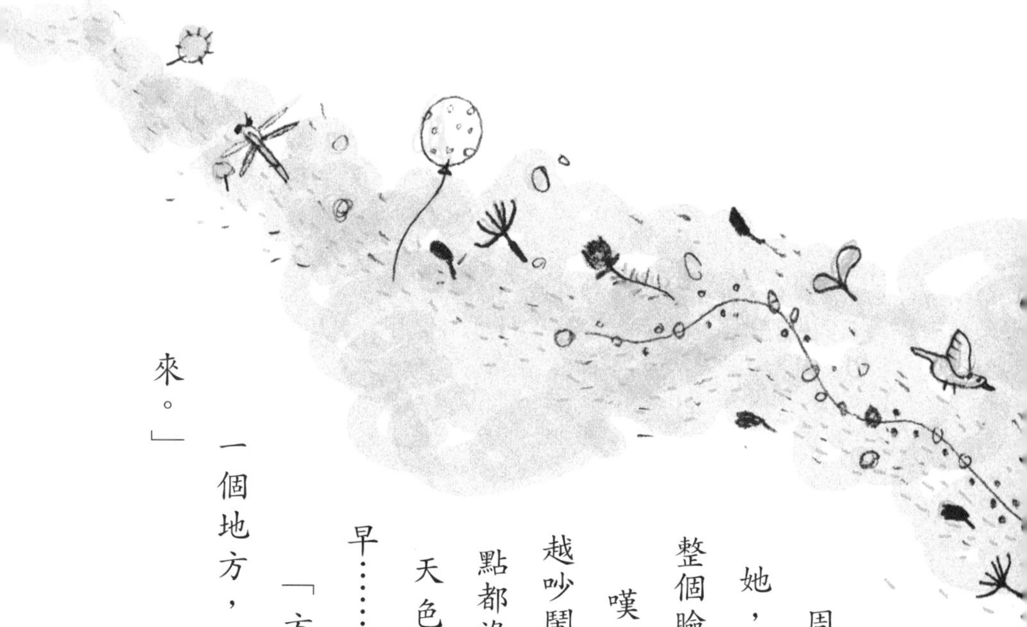

我天真的想拿周遭的歡笑聲來感染她，但只見她搖搖頭，整個臉埋進手裡。

嘆口氣，小孩子越來越吵鬧，對平復她心情一點都沒幫助。我看看錶，天色應該不會暗得太早……。

「方芷倩，我帶妳去一個地方，保證妳心情會好起來。」

方芷倩鑽進安安幼稚園之後，我幫她拍去頭髮上的枯葉，已近黃昏，她臉頰上的淚痕，一點都不明顯。

我像個導遊，逐一向她介紹，以前，我們都在哪裡玩、在哪裡唱歌，其實記得也不是很清楚，但很奇妙，不管我講了什麼，都宛如曾真實發生過，在生動的描繪下，當場化為記憶的一部分，包括很多我跟小奇在這裡發生的事，都栩栩如生起來了。

儘管我跟小奇，當時根本不認識。

這就是童年嗎？所有捏造，都可以視為合理的幻想。

偶爾涼風吹拂地面沙塵，我彷彿看到年幼的自己奔跑而過，嬉鬧聲還在，停在心底，無限壯大起來……。

方芷倩坐上鞦韆，輕微搖晃著。她在想什麼呢？在學校，沒有人跟她講話，所以一定有什麼聲音，正在她心中緩緩流瀉著。

但我喜歡現在這樣，看著她安安靜靜，與心中的自己對話著。仰高頭，我知道自己看著的地方，也曾經是李淑美老師無助以視的方向。

一切都過去了，我相信，李淑美老師，現在一定是好好的，就像方芷倩，以後也會好好的。

「丁振哲。」

方芷倩叫我，我趕忙跑過去。

「你覺得，我是不是哪裡做錯了？」方芷倩慢慢把話說出來。

「妳怎麼會這麼想呢！」我幾乎快生氣了，「妳當然沒錯啊！如果真要怪，就怪謝宜彤，還有她那一顆黑心肝……」

「那我為什麼沒辦法像劉琪恩一樣被『解凍』呢？是我比較好欺負嗎？」她低下頭，「還是我什麼都不會……。」

「不要再說到解凍這兩個字了，妳又不是食物！」

話說得太重，一下子，兩人都不出聲了。

這時一隻蝴蝶飛過來，我們兩個，視線自然而然隨著飛舞的蝴蝶，慢慢移動，直到越來越遠……。

「好奇怪喔，這裡明明已經荒廢，怎麼還有蝴蝶飛過來。」我訝異著。

「不是荒廢，還有我們啊！蝴蝶是跟著我們進來的。」方芷倩說。

我側頭看她，發現她嘴角居然掛著一絲笑容。

回家路上，心裡很踏實，雖然稱不上幫了什麼大忙，但是，起碼我可以確定，方芷倩今天比昨天要來得好過。明天一定又會比今天，更好過一點。

腳步越來越輕快，到了家門，發現爸就在沙發上。應該不是在等我吧？我簡單喚了他一聲，打算溜進房間。

「振哲。」

我一怔，愣愣看著爸。腦海快速回憶，自己是不是做錯了什麼事。

「爸幫你買了一本自修，在茶几上。」

「喔。」我上前，將它拿起。

「唸書要再用功一點。」

我點點頭，這本綜合評量，封面大大寫著「五下」。我走回房間，將它擱在桌上，隨後癱坐椅子看著它發呆。

心中雖訝異爸會突然買書給我，但也很難過，爸竟不知道我今年讀六年級而不是五年級。

再瞄瞄哥的空位子，等一下哥回來，爸是不是也準備了什麼要給他？還是，兩人只會淡淡點完頭，便一如往常，不再交談……，連我自己都搞不清楚，是爸爸離我們太遠，還是我和哥找不到方法靠近爸爸了。

打開音響，周杰倫歌聲充滿整個房間。

對這個世界如果你有太多的抱怨

跌倒了就不敢繼續往前走
為什麼人要這麼的脆弱　墮落
請你打開電視看看
多少人為生命在努力勇敢的走下去
我們是不是該知足
珍惜一切　就算沒有擁有

還記得你說家是唯一的城堡　隨著稻香河流繼續奔跑
微微笑　小時候的夢我知道
不要哭讓螢火蟲帶著你逃跑　鄉間的歌謠永遠的依靠
回家吧　回到最初的美好

——〈稻香〉詞、曲／周杰倫

我看著窗戶上映現若有似無的白影，彷彿那隻蝴蝶，飛了回來。

7. 說不出的話

「教務處最近準備校慶太忙了，未來幾個禮拜需要幾個六年級生出公差，我們班也要派出一個人選，有沒有誰自願的？」

賴老師說完，看著我們大家。全班一如所料，你看我、我看你，沒人舉手。

「老師會發榮譽章喔。」賴老師補充道。

還是一片沉默。

「好吧，那老師要指定了——」

就在這時，我把手高高舉了起來。

「丁振哲，你自願嗎？」

「不是，我要推舉人選。」

意料中，全班竊竊私語起來。

「你說，你要推舉誰？」

「我要推舉方芷倩。」

一陣笑聲終於瞬間爆開來，聲音太大以致賴老師縮了一下，表情是滿頭霧水。

「丁振哲，你……不是開玩笑的吧？」她不得不再確認一次。

我看了方芷倩一眼，再對老師重重點了頭。

「點頭是代表……開玩笑的？」

笑聲再起。

同學們的態度讓我相當不耐，我提高嗓音，大聲說：「不，我是說真的！」

這下，大家突然被嚇到似的，不再出聲。連我自己都很驚訝，聲音變粗啞後，音量旋大，聽起來竟像砂紙刮著玻璃，唰唰唰，挺恐怖的。

「那方芷倩，妳願意代表班上擔任這個公差嗎？」

方芷倩看看我，看看謝宜彤，看看其他人，我深吸一口氣，希望她有接收到我想傳給她的能量。

方芷倩看著賴老師，篤定地點了頭。

只有一個地方，可以讓我和方芷倩暢所欲言。

「結果你知道，後來教務主任跟我說什麼嗎？」

我仰頭看著跳馬上的方芷倩，搖搖頭。在幼稚園裡，她看起來好高大。

「快去拿回來，快！不然我就糗大了……」她笑著，「哈，你不知道他表情有多搞笑。」

「妳不知道，教務主任本來就很適合去當諧星，哈。」

接下公差後，沒幾天，方芷倩開朗多了，雖然在班上的處境沒改變，但起碼，已找到方法，去轉移注意力。而安安幼稚園，也成了我和方芷倩放下壓力，互相吐露心事的地方，常常，我們在路口等候對方，再一起鑽進來。這個地方，像個吸塵器，對我們有股吸引力，總能把我們心中的話，從喉嚨吸出來。

她跳下來，低頭拍拍裙子，對我說：「謝謝你這樣一直幫我。」

我才發現，她是不好意思看我。

「這也沒什麼啦，反正，大家都是同學，互相幫忙也是應該的……，況且——況且我最近跟小奇也沒那麼好了。」

「小奇，他不是常去你家玩嗎？」

「哼，是去我家找我哥玩好不好!?」說到我就氣，「他們兩個整天膩在一塊，討論怎麼聯合打倒大魔神、共創雙人無敵天下，我一點

都插不上話。」

「你怎麼不去跟他們玩線上遊戲？」

「合唱團給我一個教訓，就是別再硬找一些沒興趣的玩意兒當興趣。」說著，我又忿忿不平起來，「他們還趁爸媽不在，在客廳打起籃球，砰砰啪啪的。」

「這就有點那個了。」

「不管了啦！以後他們做什麼事，我都不想理他們了！」

丟下這句話，我快步往教室走去，用力坐下，「匡啷！」舊椅子禁不起我的大屁股摧殘，應聲散垮，我也摔得好痛。

「唉呀……」

「你怎麼了？」方芷倩跑進來。

「屁股太大。」

她搖搖頭，一副拿我沒辦法的表情。

真是，也不拉我一把……。

待我起身，她說話了：「這些都是你們幼稚園老師佈置的嗎？」

「對呀！」霎時間，我又想起了李淑美老師。

「可惜都髒了。」

「還用說……」

「我想帶一些壁報紙過來，重新貼一下。」

「那麼多灰塵，貼得住嗎？」我懷疑。

「所以要清理一下了。」

我睜大眼，想逃，卻冷不防被她瞪住，當場動不了。

「對，你也要。」方芷倩宣佈。

回家門一開，就感覺到一股不對勁的氣氛。

媽和爸坐在客廳，臉色凝重，媽剝著四季豆，看了我一眼，好像暗示我「快逃」。

我微皺眉頭，索性避開招呼，正要進房。

「振哲。」爸聲音低沉、冷靜，通常這才代表暴風雨要來了。

「嗯。」

「回來不會叫的嗎？」

「喔，爸、媽。」我簡單說出這三個字。

爸撐起身子，站起來。

「你……」他緩緩走過來，「有沒有碰客廳的東西？」

我感到一陣疑惑，看看茶几：「遙控嗎？在桌上。」

「你不要跟我裝傻！」爸提高嗓音。

「我……」我什麼都不知道啊！

「你不要對小孩子那麼凶……」媽說。

爸繼續罵道：「跟你講過多少次了，不要跟哥哥在客廳玩，現在幾萬塊的花瓶破掉，還用強力膠偷偷黏起來，皮在癢是不是!?」

爸聲音劈哩啪啦迎襲而來，我感到一陣暈眩，兩眼往青花蓮花口雙龍紋大花瓶看去，那個名字很長、受客人讚不絕口的大花瓶，瓶身多出一條黃顏色的縫，相當刺眼。

耳邊響起前幾天小奇對我說的那句：「振哲，你有強力膠嗎？」

而哥哥和小奇的嬉鬧聲，徘徊其中，揮之不去。

我一句話鯁在喉嚨，竟開不了口告訴爸媽，那不是我做的。洗刷清白，就等於昭告，哥寧可跟小奇玩，也不跟我玩。

每當爸罵勁一起，媽怎麼勸都勸不了。

隨著罵聲轟炸耳畔，我感到眼睛變濕，以至水患慢慢佔領了整張臉……。

醒來的時候，耳邊還是爸爸罵人的聲音，只不過，對象成了哥哥。

「你看看你，整天不是打電動，就是搞破壞……不學學你弟弟——」

我起身，發現自己緊抱枕頭，這是爸媽的臥室，小燈孤單地亮著。我一定是在媽懷裡哭到睡著，被「挪」到他們臥室裡來的，我這麼大一隻，大概只有爸扛得動。

我聽著爸罵哥的每字每句，沒有一個字提到小奇，一定是哥把罪責全部扛下來了。

其實，我也有一點責任才對，畢竟，是我介紹哥和小奇認識的。

彷彿擔下這個責任，受到的注意就會多一點。

我走到媽的梳妝臺邊，看到一張全家人的合照，花蓮明媚景色，加上每個人臉上滿意不已的笑容，它一直都在那兒，沒人將它拿開，它就生了根一樣，得意起來。

難道日後一家人再怎麼快樂，都快樂不過這張照片了？

好多話，我說不出來。我好想馬上奔回安安幼稚園，將心底的聲音，擱下來。

8.

美勞課

一小時前，教務主任的說法是：「黃老師，你們合唱團學生借用一下。」

一小時後，禮堂內，大家滿臉怒火，與汗水一碰，發出嘶嘶聲。

「哪門子的『借用一下』!?簡直是勞動服務嘛！」劉文達首先發難。

我本能望向謝宜彤，果然，輪到她了：「就是嘛！搬東西應該是男生的事，怎麼連我們女生都要搬哪？」

「拜託，也只是叫妳們搬搬輕的，重的還不是我們男生搬？」有人跟她鬥起嘴來了。

「那等一下我來負責跟教務主任要飲料，這樣可以了吧？」謝宜彤說。

唉，這些人真的沒救了……，我嘆口氣，搖搖頭，往禮堂暗處走去，想一個人安靜一下，沒想到，卻看到側窗外一張熟悉的臉。

我趕忙朝窗戶走去，恰恰將她擋住。

「方芷倩，妳在這裡幹嘛？」

「你們今天沒排練嗎？」她探頭探腦問我。

「沒有耶，在勞動服務……」我想想不對，「妳常這樣偷看我們嗎？」

她支吾起來：「偶……偶爾啦！我看你們合唱團好像滿好玩的。」

「最好是這樣啦！我還巴不得脫身咧……」我沒好氣的。

「為什麼要把臺子搬來這裡啊？」方芷倩下巴指指講臺。

「可能到時候校慶要在這裡唱歌給高官聽吧！」

「高官？」她眼睛一亮，「有誰啊？」

「我哪知道啊!?妳也幫幫忙，什麼時候變成好奇寶寶了？」

「自從我出公差之後，連校長都叫得出我的名字了耶……」她神采奕奕講著：「我想如果我多參與一些有的沒的活動，很快啊，謝宜彤很快就會『解凍』我了！」

「天哪！妳怎麼還把『解凍』掛在嘴巴上!?」

可惜鋁窗隔著，不然我真想伸手出去搖醒她。

接下公差工作後，方芷倩個性真的變得很奇怪，她一方面不敢去跟謝宜彤開門見山，一方面又認為從公差中獲取權利，能讓謝宜彤對她刮目相看。

拜託，女暴君的垂青很有價值嗎？

我狠狠瞪向謝宜彤的方向，赫然發現她也看著這裡，我本能回頭看窗外，方芷倩已經不見了。

就因為方芷倩性情的轉變，使得當天下午美勞課，我一直心神不寧，偶爾旁邊同學還我剪刀說謝謝，我才會醒過神來。

「丁振哲，外找！」

聽到這句話，我朝窗戶看去，是小奇。

「你來做什麼？」

「跟你借數學課本，我忘了帶。」他一貫嘻皮笑臉的。

不知怎麼，我一股火油然升起，快速回座從書包抽出課本，塞進他手裡：「喏！」

他根本沒感覺到我的火氣，還自顧自炫耀著，跟我哥聯手打退了多少線上遊戲對手……，我簡直快聽不下去。

我冷眼盯住他，說：「課本小心翻，不要弄『破』了。」並加重了語氣。

小奇好像聽懂了什麼，一時愣住。

「快回去吧！我還要趕勞作。」話一丟，我轉身就走。

這下子，心情更不好了。

真的好恨，我怎麼那麼容易內疚啊！連說句重話都要良心不安，明明就是小奇不顧我的感受，搶走哥的注意力，明明就是他打破花瓶害哥獨自挨罵。

為什麼我凡事都要替別人想!?替哥、替小奇、替方芷倩、替合唱團，連一個八百年沒見過面的李淑美老師，都在我關照名單裡！

「哎呀！」

放學時，小奇在校門口攔住我：「振哲，書還你。」

我對他點點頭，臉色好多了。

「你手怎麼了。」他看著我手上的ＯＫ繃。

「不小心割到了。」

「是吼……護士小姐有請你喝枇杷膏嗎？」他試著跟我打哈哈，「我湯匙還在書包裡，都還沒還她耶！」

我擠出笑，但就是不自然。

「你心情不好？」

「沒有啊。」

「我請你去吃冰好不好？我知道有一間紅豆冰很好吃。」

我搖搖頭：「不用了，我還要去補習。」其實是早就跟方芷倩說好，要將美勞課做剩的材料拿去佈置幼稚園。

「是喔，補哪一科？」他再問。

「英文。」

「騙人，你今天根本不用補習！以為我不知道嗎？我又不是不認識你哥。」他生氣了。

「你那麼關心我哥，不會去買三秒膠嗎!?強力膠怎麼黏得住，真是笨！」我也用力吼回去。

「我……我是打破花瓶沒錯，可是我也沒說我不想負責啊！還不是怕你爸媽以後不歡迎我去你家，才把花瓶黏起來的……。」

「呵呵，好感動……，你擔心不能來我家，難道是為了我？」我諷刺地說。

話一出口，就後悔了。

可惜也收不回了。

小奇臉像逐漸消氣的氣球，釋放出失望的表情。

他低頭，「喀」一聲，明明是關書包，乍聽卻像什麼東西斷開來。看著小奇落寞離去的背影，我渾身爬滿螞蟻般難受，嚥嚥口水，也將卡在喉嚨始終說不出口的對不起，吞了回去。

希望方芷倩不是對我的「屎面」視而不見，她動作很快，我到安安幼稚園的時候，她已經剪好一隻動物，貼上壁報紙。

綠色的馬不是很奇怪？我想歸想，畢竟沒開口。

壁報紙顏色是她早早就決定好的，一片亮亮的黃色，很適合她最近的心情。

她甚至問都不問我手指還痛不痛，顯然不想破壞自己臉上的得意表情。教室的清理速度，比我預料中還快，顯然方芷倩曾星期假日單獨來過，關於這一點，我也懶得多問了，看著她煞有其事要將這裡變成一個自己專屬的小天地，我感覺自己與她越來越遠。

「你動作快一點，天快暗了。」

我的意興闌珊，總算引起了她的注意。

逮住這個機會，我坐下來，想激她多發點火。

「咦，你怎麼坐下來了咧!?」

「我累啊！」我故意說。

「不怕椅子又坐垮嗎？」

一聽，我趕忙又站起來。

「哈，你很蠢耶……」她放下剪刀、膠水，說道：「欸，跟你說喔，我今天經過教務處，聽到教務主任跟你們合唱團老師在講話。」

「是喔！真的是黃老師？」我耳朵豎起，「妳聽到什麼？」

我反應超大，以致引起方芷倩的懷疑：「你怎麼那麼想知道啊？」

「我……我是合唱團一員，當然關心啊！」

「你也幫幫忙，不是說想退出嗎？」

「這……」我支吾一下，又換成耍賴語氣，「不管啦！跟我講、跟我講……妳不是說很感謝我嗎？報答的時候到了。」

好奇心逼我不得不出惡招。

「好吧，告訴你。」她賣關子翹起微笑，「你們黃老師說，不太想帶合唱團了。」

「啥!?」我幾乎是叫起來。

「你反應未免太大了吧！」

「她有說為什麼嗎？」

「我都說我是經過聽到，既然是『經過』，當然就只聽到幾句。」她想了一下，又說：「聽她語氣，好像對你們很失望。」

「是噢……」

沒想到有俠女之稱的黃老師竟也累了。

我洩氣地坐下來，又陡然彈起，怕椅子垮掉。

「你可不要跟黃老師同進退喔！」方芷倩說。

「為什麼？」

「因為我想加入。」

「加……加入合唱團？」我懷疑自己聽錯。

「對啊！」她重重點頭。

「拜託，謝宜彤在裡面耶……」

「就是因為她在，我才要參加啊！」

「天哪！」我抱住頭，「讓我出去透透氣。」

我往外直直走，方芷倩跟上來：「跟你說，我的如意算盤是……

我一加入，當別班女生跟我講話，謝宜彤也沒理由不跟我講話了。」

我生氣停步，差點跟她撞個正著。

方芷倩嘴巴沒停：「到時候，她在合唱團跟我講話，回到教室，也沒理由冷凍我了。」

「方芷倩，妳有點骨氣好不好!?」我朝她用力喊去。

這一喊，她彷彿被我點了穴，整個定住。

周遭蟲鳴，突然變得嘹亮起來……，直到方芷倩啜泣聲，摻入其中。

她坐上鞦韆，緊搗嘴。

「妳不要這樣嘛……」

我剛剛那句話，說得真是太重了。

她搖搖頭：「不是你的錯，反正只剩半學期了，我原本就打算這樣孤單一個人，直到畢業。」

「吼！方芷倩，妳誤會我意思了……」我蹲下來看著她，「妳想想看，謝宜彤明明就是個壞蛋，妳表現得這麼想被她『解凍』，根本就是助長她的勢力！這樣，妳甘心嗎？」

她淚漣漣看著我，不發一語，好像等我替她想辦法。

「妳叫妳媽來學校處理好不好？」我不確定這是不是一種好辦法，但起碼是一個回答。

她猛搖頭。

「不要怕嘛！」

「不是怕不怕的問題呀！如果我叫我媽來學校跟老師講，老師一定會在課堂上大聲宣布我的解凍令，但這有何意義？大家還是聽她的話，對我來說，卻是一種公然的侮辱。」

聽她這麼說，我啞口了。

「況且，多出一個愛告狀的罪名，以後傳到國中去，事情會不會重演？我以後處境會不會更慘？」

我撥弄地面泥土，不發一語。

方芷倩繼續說著：「原本以為，這麼喜歡來這邊，可以把一些說不出的聲音，找一個地方寄放。現在才發現，這些心底的聲音，沒有一句出得了幼稚園。」

天慢慢暗了，氣溫並不涼，但是，我卻覺得臉好冷。

9. 單號

第二節下課鐘聲一響，我便握起拳頭。

看老師走回辦公室，我一股作氣，心中大喊自己名字一聲，起身跟上去。

「老師！」我遠遠便叫住賴老師，省得自己反悔落跑。

「嗯，什麼事？」

「老師，妳有注意到，最近女生裡面，有一個人，被全班女生排擠嗎？」

「是喔，誰？」

「方芷倩。」

「我沒看過有誰欺負她啊！」

「那是因為大家都不跟她說話！」

我忿忿不平將整件事來龍去脈講給賴老師聽，過程中，她瞄了兩

次錶。

「好好好，老師會幫你跟同學說……」

「可是……」我又怕害到方芷倩，「妳不能講得好像是方芷倩找妳告狀一樣。」

「那你要我怎麼講呢？」她又瞄了一次錶，「不如你自己去跟謝宜彤講就好了。」

「不行啦！」

「好、好，老師晚一點再跟你商量……，我還有校慶的事要忙。」

看她倉促丟下一句話就轉身離開，我突然覺得很無力。

下午第一節，賴老師面色凝重走進教室——我不知道那算不算凝

重，但直到她開口說話，大家的確都屏氣凝神起來。

算雷聲大雨點小嗎？

賴老師只淡淡地說，大家同班也都快兩年了，有糾紛好好講，她不希望再看到大家鬧得不愉快，說到一半，她喝了一口水，要大家為校慶加把勁。

這樣就沒了？

我心裡空空的，似乎這些話所引起的反應，大多是鬆了一口氣。

從同學們眼神的投向，可看出，絕大多數還是懷疑，老師透過「內線」得知了戴鈞毅和林冠泓體育課爭吵的事。不然就是：「老師是不是生了什麼重病？怎麼突然講出這段話。」

陳卓州說完，我噗哧一笑，心底卻相當失落。

賴老師沒改變什麼。也或許，她本來就沒答應我什麼啊！

我避視方芷倩的臉，一股羞愧感，緩緩爬滿全身。

中午經過訓導處，我看到劉琪恩蹲在走廊畫畫，紅通通一片，顯然是校慶壁畫。

我走近，蹲下來，看著她，和她拿水彩筆的手。劉琪恩揚頭看我，有些吃驚。

「劉琪恩。」

「嗯。」她回得很小聲。

「妳畫得很漂亮耶。」

「謝謝。」

劉琪恩將畫筆插入筆洗袋，拿出另一支，瀝了瀝，沾了黃色，開始畫圓圈。

「妳都不跟方芷倩講話？」我說這句話時，沒看她。

她停了手。

「好歹她以前也挺過妳，妳怎麼可以這樣？」

「可……可是我們現在已經沒坐在一起了。」她吞吞吐吐。

「這就是理由嗎？她的狀況妳也遭遇過，可是妳卻不同情她！」

「現在快畢業了……」她欲言又止，低下頭，「所以我只想好好畫完這個。」

聽完，我心裡酸酸的。

的確是啊，快畢業了，我憑什麼要以前也受過委屈的劉琪恩再冒這個險？

「妳畫吧……」

突然想起，劉琪恩座號三十一，也是單號，難道我們這些單號，

註定要孤孤單單。

我起身，一不小心，弄翻了筆洗袋，水往她剛上色的黃色圈圈淹去，她趕忙拿衛生紙蓋住。

「喔，對不起！」我蹲下來幫她。

「沒關係。」

她用更多衛生紙將之擦拭乾淨，黃色圈圈卻暈出一條漬，看來補救不了了。

「我不是故意的。」

「我知道。」她對我擠出一個微笑，「你下午不是要去比賽嗎？加油喔。」

我點點頭，垂頭看手上吸滿水的衛生紙。不知該將它放下，還是帶走。

下午，我跟隨合唱團的步伐，走上校車，每一步都好沉重，前往地區賽的征途，對我而言，卻像一種拷問。

看著窗外景色持續倒退，我想著，很多人、很多事，是再也回不去了，不管我們唱得多麼開心、快樂，那終究是表演給評審看的一種面具，領完獎狀、回到各自的教室，各種假象還是得繼續。

我側頭，看著遠遠黃老師，也面朝窗外。她心中極想卸下合唱團指導老師的重任，可是，表面上，還是強裝出一副一心領導大家衝鋒陷陣的好老師模樣。

周遭合唱團同學的嘈雜聲，絕不是單純的嬉笑打鬧，其中，包含

了多少享受特權的痛快？這是身為一個合唱團指導老師，所無奈，也無力改變的。

「嚓——」

一陣緊急煞車，校車靠邊停下來，當場引起不小的騷動。

黃老師緊張起身，向司機詢問完狀況後，提高聲音對我們宣佈：

「同學們，校車臨時拋錨了，趕快拿起你們的書包——。」

「什麼!?」

「還要下車啊？」

哀號聲四起。

黃老師抽口氣，再說：「這條路離正軍國小不遠，走個十分鐘就到了。」

「噢——」這一聲，幾乎是大家齊聲發出。

「噢什麼!?走一下會怎樣嗎？」黃老師相當不以為然。

「太陽很大耶！」有人說了。

「對呀！晒得滿身汗，等一下要怎麼比賽？」謝宜彤補上一句。

黃老師臉上升起一股怒火，大聲說：「那都不要比了，坐下來休息！」

此話一出，大家鴉雀無聲。

「我說真的啊！坐下來休息……」黃老師眼裡噙著淚，「這不就是你們要的嗎？特殊待遇。」

旁邊司機伸出一顆頭，觀望著發生什麼事。

我真的很為自己身為合唱團一員而感到羞愧。

「你們不覺得自己在學校已經受盡恩寵了嗎？勞動服務一下就哇哇叫，竟然還跑去跟跟教務主任要飲料！」

「我是用開玩笑的語氣……」謝宜彤辯解道。

我瞪了她一眼。

「那也不行啊！全校都在為校慶盡心盡力，憑什麼你們合唱團搬個東西就覺得自己做了額外的事？」

黃老師用了「你們合唱團」這個字眼，有意無意劃清了界線，讓我幾乎想挖個洞鑽進去。這就是「我們合唱團」，一個剛愎自用、享盡特權，連指導老師都不想繼續執教的一個虛榮團。

氣氛鬧僵後，我們當然還是乖乖走去正軍國小比賽了，一行人，就像〈快樂的向前走〉那首歌一樣，走在烈陽高照的路上，不過，我們的「快樂」和「向前走」是分開的。

先「向前走」到比賽現場，再假裝「快樂」給評審看。

加快腳步，放學後，我馬上衝向安安幼稚園，心裡悶著太多東西，想找個地方放下來。

遠遠的，就聽到不明隆隆噪音，走近，看見幼稚園裡矗立一臺挖土機，園所，只剩碎石瓦礫，還冒出陣陣煙塵。

錯愕的我，愣在原地，一動也不動。那些我和方芷倩曾經於此透露的話語，全部隨著煙塵飄散，一點都不留。

很快，我就看見，方芷倩站在街道一旁，也是最不起眼的角落，她可能早就看到我、也可能沒看到。

不論如何，我和她，那個寄託心事的地方，已被夷為平地，她就算哭，也不會把哭泣的原因說出來了……，單號和單號加在一塊，並不會變成雙號。

方芷倩終於看到我，她紅著雙眼，與我遙望，施工聲音宛如世界

末日，重重蓋過我們心底的聲音。

這裡會慢慢夷為平地，化為道路的一部分，或許，會變出一幢大樓，多高？還不知道。

不論如何，我們都知道，再多聲音，都發不出來了。

10. 聲音遺失之後

接下來幾天，方芷倩儘管還是繼續負責公差，但臉上再也沒有一絲成就感。或許該說，連原本的悲傷也沒有了。

是不是，消失的安安幼稚園，也把她僅存的依靠都帶走了？

我很納悶，也有點為她擔心，好幾次問候她，都只換來幾句敷衍的回應。

直到今天早上，發生一件不尋常的事。

「剛剛賴老師找妳幹嘛？」下課鐘聲一響，我迫不及待跑去問方芷倩。

下課前，賴老師特別約談她，神祕兮兮在講些什麼，超奇怪的，我在想，是不是賴老師良心發現，要替方芷倩出一口氣。

但從方芷倩臉上，似乎看不到什麼樂觀的訊息，她只是搖搖頭，不想說。

「是不是誰又欺負妳了？」

「沒有啦，不要再問了。」她說，「這件事，我不想給別人知道。」

「為什麼？」

「等到發生了，大家就會知道了。」

她說完，起身離去。

我慢慢垂下頭來，似乎猜得到，她作了什麼決定。

心情超不好，我站起來，手插口袋，走到教室門邊，一眼就看到遠處謝宜彤和一堆女生坐在花圃旁邊哈啦聊天。

一股無名火從我肚子裡熊熊燒起，我大步走過去，停在謝宜彤面前：「欸，謝宜彤！」

「欸什麼欸呀!?」

「妳們很清閒嘛！還在這邊聊天。」

「一定要的啊！天氣那麼好。」她故意說。

「妳知道方芷倩被妳害到要轉學了！」

旁邊的女同學聽到，一個個將頭低下來。

「什麼叫作被我害到要轉學，腳長在她身上，她要轉學，我也擋不了她！」

「謝宜彤，妳有沒有羞恥心哪！」

「羞恥心在心裡面，看不到啦！」她也氣呼呼站起來跟我對吼：「你再煩我們的話，我就跟教務主任講！」

「又是教務主任，還喝不飽嗎？順便幫妳同學每個人要一瓶飲料好了！免得哪天她們聯合起來對付妳，就像妳對付方芷倩那樣——」

「丁振哲！」

「怎麼樣!?」

她氣得發抖，左看右看，最後抓起一把土，往我臉上撒來——

「妳真是太過分了！」

我一氣之下，跑去走廊抓起拖把，要往謝宜彤衝去……

「幹什麼！」一名老師從教室裡衝出來，將我攔住。

仇沒報成，我反被送去訓導處，訓導主任哇啦啦罵了我一頓，叫我寫悔過書，還命令我罰站整堂課，我面著窗戶，眼淚一滴滴掉落下來。

我抬頭，看著窗外，如果那些微笑的臉不是那麼遠，幾乎，我都要聽到他們的聲音了。

不會有更多力氣去改變什麼了，我看到自己眼淚不爭氣地滴到鞋尖，像流星墜落，根本毫無方法挽救。

「振哲……」有個聲音，在窗外小聲喚著。

我抬頭，發現是小奇。

「我聽說了，趕快跑過來。」小奇朝我靠近，聲音壓得低低的：

「你怎麼會笨到去拿拖把打謝宜彤？」

「方芷倩被她逼到要轉學了……」我泣不成聲，「不，是我害的，如果我一開始就不要帶她去安安幼稚園，這一切就不會發生了。」

「你不要這麼說，這原本就不是你的錯。」

「那就是方芷倩的錯嗎？我只是希望她在畢業以前，可以重新跟同學打成一片，這樣，以後她回憶小學生活，就可以像我現在回憶幼稚園一樣。」

「你沒有跟老師說嗎？」

「如果賴老師幫得了她，我今天就用不著生那麼大的氣了……，現在，安安幼稚園也被拆了，以後，心裡有什麼話，也不知道要到哪裡說給誰聽了……」

正當小奇束手無策，鐘聲也響了。

他簡單跟我告別，說會盡量幫我想辦法。當周遭一切趨於平靜，我確確實實感覺到，這一間學校，安靜得像塊石頭，只容得下鐵律，而不能像艘船，帶我去任何地方。

不到下一個鐘響，媽就趕來學校，跟訓導主任賠罪，說她以後會好好教我，不會放任我這麼無法無天。

無法無天，媽的確是用了這個字眼，在大人們深入了解詳情之前，不會知道，有個好學生，更適合披掛「無法無天」這個肩帶，往後，她還將神采奕奕，走上無數講臺，領取所有她應得的榮譽。

我的手被氣極敗壞的媽用力牽著坐車回家，以致沒再擦眼淚，淚水乾去，臉上繃繃的。

我不回答任何問題，媽也就當作這件事是普通的小孩子間的爭執，要我回房好好反省。

我連一點將音響打開，讓周杰倫聲音飄散出來陪我的力氣都沒有，臉蒙住枕頭，我只希望，一切都是一場夢。

被線上遊戲的打鬥聲吵醒，惺忪著眼，哥回來了。

我吸吸鼻子，坐起來，靠牆，什麼話都不想說。

耳朵聽到哥將音量調成無聲，有點奇怪，我側頭看他，看到他，也看著我。

「振哲。」哥聲音輕輕的。

「嗯。」我還是聽得到。

「最近……」他垂下頭，「最近我們比較沒有那麼多話……沒有那麼多話可以說。」

聽哥突然這麼說，我忍住淚，吐出強硬的一句：「因為我不是線上遊戲，沒辦法跟你講話。」

哥起身，往我走過來。

「小奇都跟我說了。」

我愣住，一時反應不過來。

「說了什麼？」

「說你要幫班上女生打抱不平的事。」

「是嗎？那恭喜你們又多了一個嘲笑我的話題。」

「你不要這樣。」哥傾身，將音響打開。

周杰倫的歌，飄滿整個房間。

「關掉！」我眼淚迸出眼眶，「我不想聽！」

「振哲！」哥厲聲喝止我。

我被哥口中說出的名字鎮住，好一會兒，我都回不過神，那就是自己的名字。

「我拿一個東西給你看！」

哥說完，彈跳起來，走向他桌上那堆幾百年沒動過的書堆中，迅速翻找。

我靠緊牆壁，當周杰倫歌聲不斷飄進耳裡，我感覺自己耳朵像個山洞，充盈著悠遠的迴聲……

「找到了！」

哥將一張大合照遞給我看，並指著照片中一個瘦小的男生，說

道：「這是我國小畢業照，看看我以前的蠢樣！」

「這……」

我懷疑自己眼花，不可能啊！以前在我眼中，哥哥不是這個模樣的。怎麼幾年過去，所有畫面都洗牌過一遍似的。

「記不記得，小時候哥常常對你大聲？」

我搖搖頭，假裝不記得。

「其實，那個時候，哥在學校，很不快樂，每天都覺得，自己不是團體的一份子，大家聊什麼，我總插不上話。那個時候，也不知道該找誰講自己的心事，所以我回家，才會用很大的聲音，跟你講話。」哥眼睛濕濕的，彷彿含著淚，「可是這解決不了問題，回到學校，真的好希望有一個人可以幫我……，一直希望交到一個好朋友，他可以帶領我和大多數的男生打成一片。」

「後來呢？」

「可惜一直到國小畢業，那個人都沒有出現。」

「是噢……」我低下頭。

「還好你出現了。」

我抬起頭。

「你在那個女生面前出現了。」

一顆淚珠從我眼眶滾下來。

「哥相信，就算你沒辦法做得更好，目前所盡的力，也已經足夠了，她會了解，而且心裡早就已經很感謝你。」

這個晚上，我感覺到房間好溫暖、好舒服，直到入睡之前，周杰倫歌聲還在耳邊清楚地繞著。

那童年的希望是一臺時光機
我可以一路開心到底　都不換氣
戴竹蜻蜓　穿過那森林
打開了任意門找到妳　一起旅行
那童年的希望是一臺時光機
妳我翻滾過的榻榻米　味道熟悉
所有回憶　在小叮噹口袋裡
一起盪鞦韆的默契
在風中持續著甜蜜

——〈時光機〉詞／方文山，曲／周杰倫

11.

重要的事

昨天太晚睡，早上升旗典禮還有點恍神，導護老師宣布明天校慶，所以今天上半天課，他煞有其事叮囑校慶的重要，還宣佈了合唱團為校爭得地區賽亞軍的榮譽，第二節課要全體到市公所受獎。亞軍，這代表合唱團的征討之路就此止步，黃老師該鬆了一口氣吧。

眼皮越來越重，直到導護老師一段話讓我整個驚醒過來。

「今天中午之前，各班須完成模範生推選。」

猛然想起，去年適逢宣導民主教育，模範生各班採取投票選舉方式，一張選票有兩欄，上面填寫黑板上所提名的名字，下面填寫推舉理由。去年謝宜彤幾乎囊括所有女生選票而當選模範生，今年……

我有辦法了！

簡直站不住，我因興奮而微微發抖起來。

第一節課，我無心上課，一直盤算著要用什麼方法，將方芷倩推上模範生寶座。

最後我的希望落在小奇身上。

下課鐘響。

「各班合唱團同學，請到音樂教室集合。」廣播傳來這個聲音。

班上幾個合唱團員，好整以暇慢慢準備，我卻飛也似的衝向六年仁班，探了半天，卻看不到小奇，一問，才知道他去打球了。

我趕忙跑到球場，將他抓到一旁，快速告訴他我的計劃，說完便呼呼喘著。

「就算真的用投票方式，你又怎麼確定班上同學會聽你的話？」眼看上課鐘快響了，他答得很不確定。

「那你就是不幫我囉？」

「不是不幫你啊！只是你確定可行嗎……」

「沒試過怎麼知道!?」看他那麼猶豫，我有點生氣了，「這是唯一的方法可以讓全班坐著聽我講話，中午之前要選出模範生，時間已經不多。而且，假如我今天不做這件事，前面的努力都白費了！」

小奇抽口氣，看著我，我從他眼裡，慢慢看到他昨晚透過網路傳話給哥的那股堅定，我知道他無疑關心我，只是，我還需要他多幫一個忙，這可能也是最後的機會了。

「好吧！誰叫你是我好朋友呢。」

「太好了！」我用力抱住他。

小奇有點彆扭地將我推開：「對了，那我要用什麼方法把你們老師引出來？」

「這……」考倒我了。

「你也沒想到方法嘛！」

上課鐘響起，我頭皮發麻。

「你快去音樂教室吧！這件事，我幫你搞定。」

我快步走向音樂教室，不時回頭看看小奇離我有多遠了，越遠，我就越沒安全感，偏偏他那句「我幫你搞定」又確切停留於耳朵，化為溫度，從耳垂熱到臉頰。

到了音樂教室，我看錶，九點四十一分。

黃老師坐在鋼琴椅子上，手肘靠著鋼琴，看起來一點都不想把琴蓋打開。

她逐一打量我們，像檢查服裝，想說什麼，卻又笑了笑，改口：

「恭喜你們。」

大家臉色也很尷尬，顯然黃老師上次發的那頓飆如影隨形。

我瞄了謝宜彤一眼，看她臉上滿不在乎的表情，我突然有點同情她。

黃老師並沒提到亞軍這兩個字，也許，得哪一種獎項，對她來說，早已不比團員的比賽態度來得重要。

「出發吧！」

我們排成一列，往校門口走去，沿途我看好等一下的「潛逃路線」，眼看校車越來越近，我心跳也不禁加快起來。

「同學們，先去車上坐好。」

我停在原地，等到所有人都上了車，我看著黃老師。

直到她招呼完司機，眼神總算落在我臉上：「丁振哲，怎麼不上車呢？」

「老師，我——」我預先含在嘴裡的說法是身體不舒服，卻怎麼

都開不了口。

「你怎麼了？」

「我有重要的事。」

「重要的事？」她朝我走近一步。

「嗯。」我重重點頭，「重要的事，要回教室處理。」

「那……」黃老師搞不清楚我的意思。

「這件事，跟——」我嚥了嚥口水，繼續說。「跟我原本考慮要不要留在合唱團，一樣重要。」

黃老師愣住，話卡在喉嚨，說不出來。

「而且非常重要。」我篤定地補上一句。

我看出，黃老師眼裡流轉的，正是與我相彷的情緒，留、不留？

只是，那又更困惑、更深沉了。

「黃老師，好了沒？」司機喊過來。

黃老師失措地看了看我，說：「好好，你去吧。」

我對她一笑，這一笑，也是激勵我自己。

彎低身子往目標地跑去，繞過六年仁班，躲於水塔後，偷看一眼，小奇還在教室裡，他站了起來，捧著肚子，一跛一跛往老師方向走去。

看到這個情景，我趕忙跑回自己教室外的花圃躲起來，花圃離教室很近，我探出一顆頭，班上同學上課情景一清二楚。

原來樹是這麼看我們的……

賴老師站在講臺上，用她清亮的聲音，逐一講解黑板上的名詞。

樹也都聽到了。

心裡有點酸酸的，方芷倩的種種委屈，一直都默默晾著，風乾

後，甚至隨空氣飄到花圃一角，參與了光合作用。

班上無人伸出援手，各個比花草樹木還要冷漠。

這時，一陣顛簸的腳步聲傳來，我往右方看去，小奇正一拐一拐走過來。

我又緊張又想笑，更抑制了伸手招喚他的衝動。

他經過教室，引起大家的注意，我趕忙往內縮身，豎起耳朵，聽他怎麼搞定賴老師。

「這位同學，你怎麼了？」

「賴老師，我剛剛喝完我媽給我的枇杷膏……」小奇說完，整個人支撐不住，抓緊賴老師手臂。

「匡啷！」一根湯匙從他身上掉落，清脆響亮。

我定神一看，是上次喝枇杷膏那根湯匙！

摀住嘴，我兩眼瞪得大大的，一動也不動。

「你……你還好吧？要不要帶你去保健室。」賴老師驚恐地看著湯匙。

「要、要、要！」小奇點頭如搗蒜。

「戴鈞毅——」

「不！」小奇趕忙打斷，「賴老師，我要妳帶我去保健室。」

「為什麼？」

「因為……」

「因為什麼？你說大聲一點！」賴老師越來越緊張。

「因為我怕護士小姐說我是裝的！」

「這……」

「求求妳啦！萬一她又讓我喝了什麼……，我就……」小奇近乎

哀求，抓得更緊了。

「好好好……你撐著點。」

賴老師勉為其難攙住他，小奇彷彿怕她跑掉，緊抓不放，兩人連體嬰般往保健室移動。

「第十課唸一遍！」臨走前賴老師一聲令下。

「第十課，山是一座學校。山、怎麼會是一座學校？黑板、粉筆在哪裡……」

全班邊唸著，一邊忍不住探頭望著兩人離去。

捏緊拳頭，換我登場了。

12.

模範生

深吸一口氣，我猛然起身，往教室大步跨去。

那短短的幾步，我盡量什麼都不多想，免得裝得滿滿的勇氣，漏掉任何一點。

走進教室，站上講臺，大家看到我，唸誦課文的嘴巴也驚訝得停了下來。

有那麼一秒鐘，我以為自己聲音發不出來，但一看到方芷倩，想起安安幼稚園夷平之前，那個寄放了滿滿聲音的教室，我突然發現，這一點勇氣，不算什麼了。

「各位同學，因為老師過一會兒就要回來了，所以我沒時間解釋為什麼會突然出現，我只想說一些你們早就知道、而且假裝不存在的事。」我聲音越來越嘹亮，彷彿賴老師突然回來也沒關係了：「方芷倩因為某些人的任性、霸道，受全班女生排擠也有一段時間了，相信

不說全班也都知道了。」

我看到劉琪恩低下頭來，慢慢像打地鼠一樣，許多女生也跟著紛紛垂下臉。

「這段時間，方芷倩承受的委屈，相信你們只要用一點點的想像力，就可以感同身受。現在，我以同學的身分，懇求你們一件事……」我努力抑制哽咽的聲音：「在今天中午選出模範生之前，如果像去年一樣，一人發一張選票，請你們在選票上，填上方芷倩的名字，可以的話，再加上一句優點，讓賴老師和謝宜彤知道，你們已經想通了很多事！」

說完，賴老師應該也快回來了，心想不能功虧一簣，我環視所有看著我的眼睛，每一雙都帶著不同的情緒，其中方芷倩更早已強掩住臉。我認真地對他們重重點頭，以示感謝。更像一種約定。

迅速離開教室，我加快腳步，跳過花圃，撲倒在樹下的草皮。

小奇在哪裡呢？賴老師什麼時候回來？

我說得清楚嗎？是不是大家都了解了？會不會賴老師一回來馬上有人稟報，拆穿我的計畫？小奇和方芷倩一起被我拖下水……

我說得夠好嗎？只有方芷倩能替我打分數了……

臉緊貼草皮，我大哭起來，小草緊悶我的哭聲，也承接我撲簌簌的淚水。

多麼希望這些小草，都可以快速長大，在我哭完前，將我的臉全部掩蓋。

上課鐘響，我拭乾淚，還不想那麼快進教室。

走去探探車棚，校車正好駛入，我趕緊避開，繞去六年仁班，卻

沒看到小奇。想說應該跑去球場打球，沒想到也不在。最後，我懷著緊張的心情，看他是不是在訓導處挨罵或罰站。

也沒有。

那只剩一種可能了。

我悄悄靠近保健室，果然，小奇躺在病床上。

哈，不但我辦到了，他也辦到了。

「你幹嘛？」護士小姐這一嚷，小奇循聲看到我，臉上一喜。

「我……我來看小奇。」

護士小姐抽口氣：「進來吧。」

我走進，小奇眼神示意要我別輕舉妄動。我拉張椅子，坐在床邊。

「你們兩個啊，怎麼整天這裡痛那裡痛，不然就是割到手……」

「可能是吃壞肚子了吧——」我對小奇眨了右眼，「是不是？」

「我現在很虛弱，沒辦法回答你。」

我緊抿住嘴，差點笑出來。

「你看吧！剛剛真的把我跟賴老師嚇壞了。」護士小姐搖搖頭，繼續埋頭桌上的事。

「結果你考得怎樣？」小奇問。

考得怎樣？我愣了一下，才了解小奇在使用暗語。

「還不知道……不過，起碼還是把它考完了。」

「不要太把分數的結果放在心上。」

「嗯。」我點點頭。

「盡力就好了……有時候，題目太難，也不能怪你。」

「真的很難，」我點頭，補上一句：「比所有月考加起來都難，

我很擔心白考。」

「那我呢!?」小奇突然又不服氣的耍寶起來：「如果連你都覺得白考，我不就烤焦了！」

聽到這麼奇特的對話，護士小姐不得不皺眉頭看了我們一眼，我和小奇趕忙閉上嘴，竊笑在心裡。

進教室時，戴鈞毅攔住我。

「說得好。」他捶了我手臂一下，「我們單號早就該對雙號發戰帖了！」

他這話讓我哭笑不得，不過我還是笑了。這句鼓勵的話也暫時減輕了我不少壓力。

第三節上課，從賴老師表情，看得出對我的「驚人之舉」一無所

知。而同學心裡究竟怎麼看待這件事，又作了什麼決定，也很難目測出來。唯一確定的是，至少有同學敢直視我眼睛了。

捱過了第三節，下課我去了福利社一個人耍孤僻，幾個班上女生走進來，坐於不遠處，似乎窸窣討論著我的存在。

有股衝動上前問個清楚，她們究竟支持誰，又怕這麼貿然，會惹來反效果。

唉，只得垂下頭，繼續耍我的孤僻。

很奇怪，直到第四節上課，老師還遲遲不宣佈是誰當選模範生。這讓我非常焦慮，究竟發生什麼事了？

我無法假裝方芷倩就在我前方，更不敢在選出模範生前找她講話，免得徒增她的壓力，我們的關係，處於一個很緊繃的狀態，隨時都會像吹太大的泡泡那樣破開來似的。

瞄瞄錶，剩三分鐘就中午了，老師為什麼還不公布模範生？

教完最後一題算式，賴老師放下粉筆，走到外面洗手臺洗過手，再回到教室，說：「明天校慶，大家回家好好休息，打起精神。還有，等一下放學，謝宜彤、石婉雯要先去教務處集合拍照……」

我心跳急速跳動起來。

「妳們兩個是今年的模範生。」賴老師補上一句。

話一說完，全班引起一陣騷動，想當然，大部分的目光，都投向了驚訝異常的我。

霎時間，我失去了表情能力。

而賴老師也將座位間的窸窣耳語，視為往常放學前會有的蠢蠢欲動，不以為意。

記得一、二年級，當時老師會大喊：「不要跟毛毛蟲一樣！」

這句話始終沒出現在賴老師口中。

我們已不是毛毛蟲，但也還不是蝴蝶。

所以賴老師沒義務從中選出幾隻最漂亮的，她只需要在紙上填入兩個上臺領過第一、二名獎狀的名字。

下課鐘響起，謝宜彤抓起書包，興高采烈衝出教室，我瞟向方芷倩，看到她背影消失在門口，幾個男生走經我身邊，有的拍拍我肩膀、有的給我打氣的一捶。

但什麼話也沒說。我有多失望，相信大家都看得出來。

垂頭喪氣走出教室，我看到走廊上眾多同學，往操場移動，分散到各自路隊，他們臉上大多是提早放學、迎接明天校慶的欣喜。沒有一個像我，被心事沉沉壓著，說不出一句話。

看著模範生們排隊在大榕樹邊等拍照，我心底有說不出的失落，

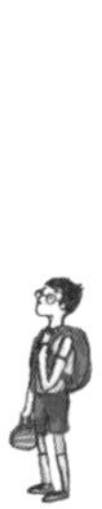

他們都是怎麼選出來的？按成績？還是和謝宜彤一樣，得老師緣？當他們的照片羅列穿堂，發出閃耀的光芒，沒有人會知道，他們之中，有一個微笑的女孩，竟加予他人這麼多的痛苦。

跟著路隊走出校門口，我決定停下來，等方芷倩出現。

遠遠的，我看到她那個路隊早就散得七零八落，她一個人，低頭往校門走來。

正當我正想走上前時，突然，我看到一個女生朝她走去，與她攀談，說著說著，方芷倩終於臉露好久不見的笑容。

我使勁眨一次眼睛，以確定自己沒看錯人——那個女生，就是劉琪恩。

我趕緊退到沒人發現的地方，心底激動異常，好希望，可以有越來越多人找她講話，這個心中默念的願望，沒幾秒鐘，就應驗了。當

她們到達校門口，我探頭一看，她們總共已有五個人，都是班上的女同學。

視線緊隨她們，直到確定她們五個消失在路的盡頭，都還是緊緊靠在一起，我才放心地走出暗處。

眼眶開始發熱，一滴淚流下來。5，這個數字在心上反覆盤旋。

明天我要告訴戴鈞毅，我們單號終於打贏了一場！

13.

大火球

我想多年後，都很難對媽解釋，為什麼當天回家，馬上撲倒在她懷裡大哭起來。不過，媽說的那句壓力不要太大了，還是大大溫暖了我的心房。

一句平淡無奇、出自師長口中聽到膩的叮嚀，這一刻，竟湧現這麼大的力量，彷彿媽全都了解。

哭過，心情也暢快多了。

當天晚上吃完飯，哥打開即時通，由他來打字告訴小奇，我今天發生的事，透過即時通往返，我也很驚訝小奇竟有辦法在保健室用那麼無厘頭的方法攪亂所有時空邏輯，還將賴老師和護士小姐唬得一愣一愣的。

哥最幸運了，不用出什麼力，就目睹了一場精采好戲。

而從哥的笑聲，我突然了解到，鍵盤就是哥和小奇聯繫友誼的最

佳方式，就如同，我雖然沒跟小奇在同一班，但因為班與班的那幾步距離，才讓我這麼珍惜這個朋友。

「你們在幹什麼，怎麼笑成這樣？」

一轉頭，是爸。

我和哥趕忙起身，將螢幕擋住。

「沒有啦，在跟朋友即時通。」哥說。

不知怎麼，爸臉上泛起一絲笑意：「你們兩個一起認識的嗎？」

哥和我對看一眼，換我回答：「對啊，共同的朋友。」

這句話，竟讓爸露出牙齒笑了出來，我和哥有點不知所措，調整了一下站姿。

「有朋友，改天可以帶來家裡吃飯啊！」

我不敢跟爸說，他已經來過，而且還打破了一只花瓶，只是連忙說好。

爸笑笑離開後，哥又把音響打開，讓周杰倫的歌聲，蓋過我們的笑聲。

「免得爸再跑進來。」他說。

很想對哥說，我感覺得到爸也嘗試要找一個方法，來跟我倆產生互動，只是，大家平常少話，久之，便難再找回親密的相處模式。

當我看到對話視窗小奇傳來一個搞笑鬼臉，疑慮又一掃而空，我意識到，小奇來吃晚飯的那一天，一定又會帶來很多歡笑和驚喜，而這些笑聲，也將縮短爸與我們兄弟的距離。

一定會的！我相信。

校慶熱鬧開場，校門口兩邊的大幅壁畫，各有一顆讓人很難移開

注意的大火球——劉琪恩的傑作。同學問她為什麼要畫火球，她想了一下，才說，這代表我們心中都燃燒著熱情的火焰。

很勉強的回答。

但火球真的畫得很漂亮，想也知道這是那天我不小心弄翻水，劉琪恩為了補救黃色汙漬，想出來的妙招。

好奇妙，原以為是補救不了的汙漬，卻柳暗花明，燃起炙熱光芒……。

這團火，幾天來也在我心裡熊熊燒起，希望以後不管遇到什麼不平，我都能立即找到這個溫度，來與之對抗。

謝宜彤喜孜孜的笑臉照，貼在穿堂布告欄，與全校模範生排在一起，相當風光。

但教室裡，她卻很難笑得出來。當她看到女生們不再聽從她的命令，一個個跟方芷倩要好，勢力瓦解的難受，全寫在臉上。

儘管這種難受，遠遠比不上方芷倩當初所承受的，但我更同情謝宜彤，畢竟，在方芷倩掙脫這個難堪的處境後，終將能以更勇敢的態度面對往後的求學生涯。

而謝宜彤在模範生光環消失之後，會發現她的霸道、蠻橫，就像面鏡子，只能映照出內心有多空虛。

對她更雪上加霜的是，原來，合唱臺搬到禮堂講臺，不是為了高歌一曲，而是給三年級演話劇，當他們把咖啡色壁報紙鋪上合唱臺、上面還站滿會說話的樹，我想謝宜彤心都涼了半截。

來到操場，四、五年級啦啦隊表演，我看著黃色和藍色的彩球，時而聚集、時而分開，有時又摻雜在一起，形成絢爛、壯觀的場面。也一如所料博得滿滿的掌聲與喝采。

看著學弟妹們散去，每個人臉上各式各樣的表情，遠遠超過兩種顏色。人與人的關係，更不可能隨便撞在一塊，都可以那麼美麗。

一場又一場精采的才藝表演輪番上陣，連我都為練唱多遍的歌無緣登場演出，而感到有些遺憾。這其中，一定有隱情。

有可能，長時間四處征討，黃老師覺得實在太累了；也有可能，她認為我們這些團員的心智還不夠成熟，不適合在隆重場合表演。

更有可能，她不希望我們一再被虛榮沖昏頭……再多的掌聲，對一群心智不成熟的小孩，也不會有正面的幫助。

答案只有她知道，而且，一定不會說出來。

看到冰淇淋攤位，我跑去買了兩支，想分一支給小奇，半路卻看到了黃老師，她在白牆邊專注地畫著豆苗，手上是麥克筆，勾畫出一

顆顆精巧的音符，讓我想起，飄盪音樂教室裡的聲音。

她看到我，立即停了手，對我笑了。

「吃冰淇淋啊？」

「對啊！老師要不要吃？」我遞給她。

黃老師笑著搖搖頭：「結果你昨天那件重要的事，辦得怎樣？」

「很成功啊！」我笑了，「要感謝老師妳讓我先離開，才能讓我幫到那個同學。」

「我看得出你很懂事，而且當時就知道，你要去做一件幫助別人的事。」黃老師笑著說。

聽了黃老師這麼說，又有點想哭，但我忍住了。

「老師之後還會繼續接合唱團的指導老師嗎？」

話一出，黃老師愣了一下。

「你覺得我應該接嗎？」她反問我。

「應該啊！像妳這麼好的老師，又是我們口中的俠女，一定會把學生教得很好，而且……」我猶豫了一下決定說出口，「而且學弟妹一定會比我們聽話，不會再隨便跟教務主任要飲料了！」

黃老師聽到這句話，笑開了。

眼看冰淇淋融化，滴得滿手都是，我卻喜悅得一點都不著急，一直在想，幾年後，如果我在路上遇到黃老師，一定要告訴她這兩天發生的事，到時候，她一定會很吃驚，並告訴我，以後不能這樣子。

而我會耍賴的說，我早就知道了！因為，「以後」已經到了啊！

就如同，現在如果我遇到安安幼稚園李淑美老師，她也會很欣慰，「以後」的我，已經長大、而且很懂事，聲音更是變得很不一樣了。

看到方芷倩變快樂了，我也很高興，但我一直不給她機會跟我說謝謝，每當她好像要開口，我就找話打斷她，弄得她一張苦瓜臉，還誣賴我排擠她。

我哪有哇!?

只是，有些話，放在心裡，也是彼此都感受得到啊！

就像缺了一個字的安安幼稚園字牌，我和方芷倩，都各自在心裡替它填了新名字，可能是安「心」、可

能是安「寧」，這個填空，還可以順著回憶在心中的變化，不斷填上新的字。

看她還是一副很委屈的樣子，「好啦好啦……」乾脆邀她和小奇一起來我家吃飯！

爸知道有女生要來，不知哪來的靈感，竟然買來兩條領結，要我跟哥戴上，

「吼！不要啦……」哥叫嚷著，卻又不敢不站好。

「你啊！就是邋里邋遢的，難得家裡有客人，也不好好穿，跟

小時候一個樣！」爸的手，在哥的領子弄個不停。

我想，爸的手，應該很久沒有這樣為我們整理衣裝了。他細心的樣子，真難跟平常那張嚴厲的臉聯想在一起。

「爸，也整理一下你自己吧！」不知怎麼，我脫口而出。

哥趕緊附議：「對呀對呀！爸，你頭髮很亂，自己都不知道。」說著，哥找來一把梳子，替爸梳起頭髮。我身高不夠，但手高舉起來，還是可以替爸爸弄順領子。

這麼近的距離，恍然爸消瘦好多，卻依然挺拔，好像再怎樣都不會倒下來。

手不經意拂過爸突起的喉結，我抖了一下，不禁縮手，再本能摸摸自己脖子。

感受到越來越多的聲音，寄放在這，未來會從這裡，勇敢發出

來……。

突然，門鈴響起。

「我來開！」

我趕忙大喊，並快速衝到客廳，未料地板剛拖過，一不小心當場滑壘……。

「哎呀——」跌坐地上，媽已經把門打開，我看看小奇和方芷倩站在門外，一臉訝異我歡迎他們的方式。

再轉頭看看後面，爸和哥，更是錯愕得合不攏嘴……。

愣了短短幾秒，大家終於忍不住大笑起來。

九歌少兒書房 227

這是誰的聲音!?

著者	保溫冰
繪者	蘇力卡
責任編輯	鍾欣純
創辦人	蔡文甫
發行人	蔡澤玉
出版發行	九歌出版社有限公司 臺北市八德路3段12巷57弄40號 電話／25776564・傳真／25789205 郵政劃撥／0112295-1
九歌文學網	www.chiuko.com.tw
印刷	晨捷印製股份有限公司
法律顧問	龍躍天律師・蕭雄淋律師・董安丹律師
初版	2013（民國102）年9月
定價	**260元**

書號	0170222
ISBN	978-957-444-897-5

（缺頁、破損或裝訂錯誤，請寄回本公司更換）

國家圖書館出版品預行編目(CIP)資料

這是誰的聲音!? / 保溫冰著 ; 蘇力卡圖.
-- 初版. -- 臺北市 : 九歌, 民102.09
面 ; 公分. -- (九歌少兒書房 ; 227)
ISBN 978-957-444-897-5(平裝)

859.6 102014154